水面《みなも》を舞って

仙雫美年
SENDA Mitoshi

文芸社

目次

舵手付きクォドルプル（4人スカル）艇

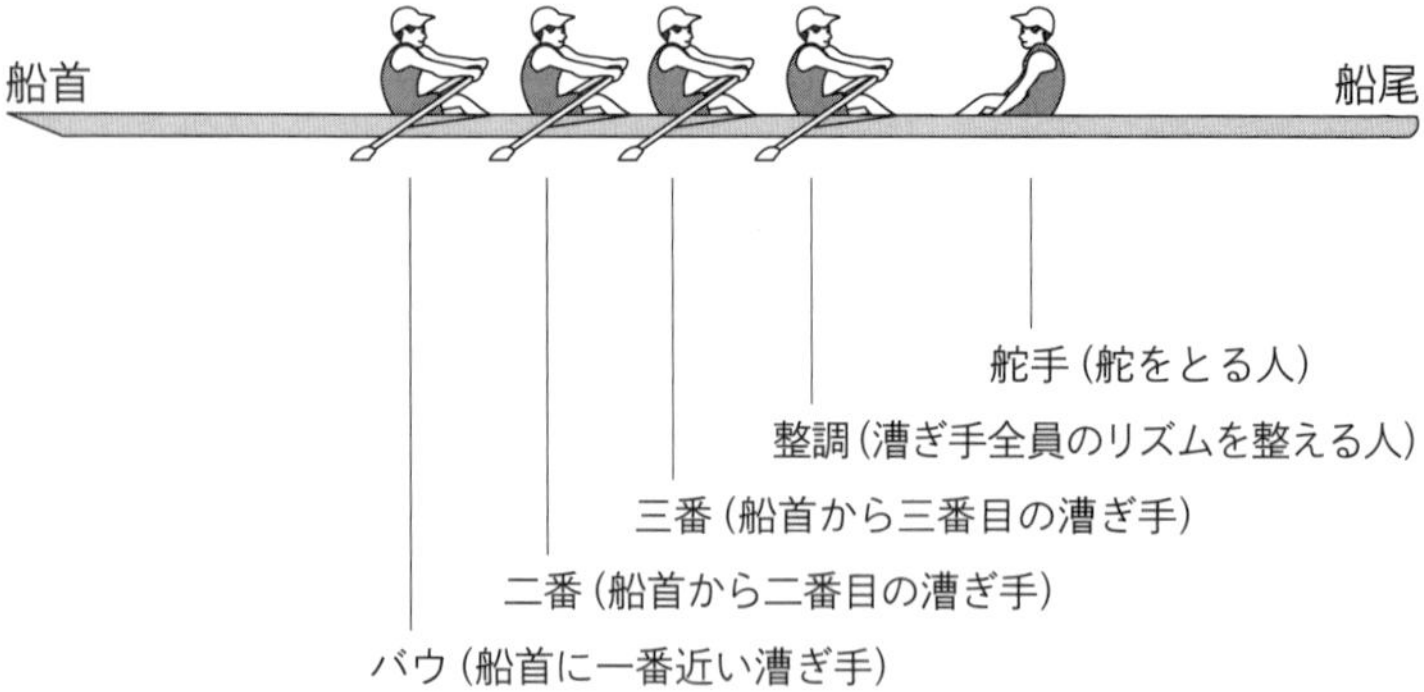

第一章　湖畔の紫陽花

奥深い森の合間で揺られている。

せき止められたダム湖に浮かぶボートの上で、身じろぎもせずにスタートの号令を待っているのは、南海高校ボート部クォドルプルのクルー五人だった。静寂な湖面の突き当たりでは、五月初旬の日差しをたっぷり浴びた森の青葉が新緑を競い合っている。

艇の進行方向とは逆向きに座っている漕手の四人は、左右に一本ずつ握り締めたオールの先端を湖水につけ置いて、静止した艇のバランスを保っている。背筋をぴんと伸ばして前方の一点だけを食い入るように見詰めている四人は、いつでもスタートできる体勢をとっていた。

艇の進行方向を向いて船尾に陣取っている舵手は、舵を切るためのラダーロープを左右に握り締め、艇が流されないかを確認しながら四人の漕手と向かい合って鎮座している。ストップウォッチなどの代わりに使うスピードコーチのスタート準備を終えた舵手は、細心の注意を払いつつスタートの号令を待っていた。

艇はスタートライン上に静止し、ゴール方向を向いていなければならないので、波や風で流されたら艇の位置と向きを修正する。レース本番の競漕会では、船尾をつかまえてくれるボートホルダーがいるので、前後のずれは余り気にしなくていいが、艇の向きは舵手の責任で修正しなければならない。艇が進んでいれば舵で修正できるが、スタートラインに静止している時は舵が利かないので、舵手は漕手の誰かに指示を出して艇の向きを修正させる。しかし今は練習中なので、艇の向きも前後の位置も自分たちで修正しなければならなかった。

クルーの五人は息を潜めて、スタートの号令を今か今かと待っていた。

「アテンション・ゴー」

南海高校ボート部監督の中山聡が掛けたスタートの号令で、漕手四人は八本のオールを力強く牽《ひ》き寄せて一斉に漕ぎ出した。漕手たちは、オールを牽いては戻すだけの単純な作業を何回も何回も繰り返しながら、千メートル先のゴールを目指して一直線に進み出した。

漕手の体勢は遊覧用の手漕ぎボートとほぼ同じだが、大きく違うのは座っているシートが前後にスライドすること。しかし漕いでいる時の漕手はシートにどっしり座らず、シートは尻に引っ掛ける程度にしておく。それは自分の全体重を、オールグリップと両足裏を乗せているストレッチャーだけに掛けるためだ。すなわち人間の五体で最大の力が発揮できる脚力を尻から逃がさず、更には腰から腕を経由させてオールにしっかり伝えている。

漕手の脚力が五体を経てオールに辿り着くまでに、その力をロスしやすいのは尻だけでなく腰や肘や手首も同様だ。特に手首は五体で一番細い部位だけに、手首を曲げて牽くと脚力はオールまで伝わらず、手漕ぎになってしまうので、手首は曲げないように工夫して漕がなければならない。プロの料理人が包丁を持つ時、手首を曲げずに脇を締めるのと同じだ。料理人は手首を曲げないために包丁を持つ方の足を一歩引いて立つが、漕手もオールを牽く時に手首を曲げないようなテクニックを鍛錬している。

そのテクニックとは、スタートまで握り締めていたオールグリップを、漕ぎ出すと同時に緩めることだ。オールグリップを手放しはしない程度に軽く握って、巧みなオールさばきで手首から力を逃がさないように漕ぐ。オールグリップを軽く握ることにもテクニックがあって、実際には親指以外の指をオールグリップに引っ掛けてオールを牽いている。鉄棒にぶら下がった時、親指以外の指だけでぶら下がるのと同じ要領だ。しかし親指は、何もせずに遊ばせておく訳ではない。左右のオールは遊覧用のボートと同じように、内側から外側へ向けて差し入れてあるだけなので、単純に艇を漕いでいるとオールが内側に外れてしまう。そこでオールが内側に外れてこないように、親指でオールグリップの端を押さえながら漕いでいる。

このような様々のテクニックを駆使して南海高校ボート部の漕手四人は、八本のオールを力強く牽き寄せては戻すだけの単純な作業を繰り返しながら湖水上を滑っていた。そして舵手は千メートルの直線コース内で、艇を真っ直ぐに進めることを最重要任務としつつ漕手に最大限の漕ぎを発揮させようと、あらかじめ目論んでいたことを着々と実行させていた。

南海高校ボート部は五月下旬の県高校総体を数週間後に控え、本番さながらの練習中だった。クォドルプルのクルーは全員三年生なので、高校での最後の大会に向けて選手も監督も必死になって練習に取り組んでいた。

モーターボートでクォドルプルの真横を並走したり、真後ろから追走したりして指導している中山監督は、右手でモーターのアクセルグリップを握り、左手でハンドマイクを構え、首にはストップウォッチとピッチ計をぶら下げている。

中山監督はスタートの号令を掛けると同時に、ストップウォッチのスタートボタンを押し、おもむろにモーターボートを発動させた。そして並走しているクォドルプルクルーに対し、細かい指導助言を矢継ぎ早に浴びせ掛け始めた。

モーターボートはクォドルプルの真横辺りまで着けることはあるが、それより前には出ない。それはモーターボートの航跡を、クォドルプル艇に与えないためだった。

「イチ、ニイ、オオキクイコウ、サアイコウ……」

舵手の加藤康太は舵を取りながら、中山監督がハンドマイクから放っている助言にも負けないくらいの、大きな声で号令を掛けた。

スタート直前の艇は静止しているのでスタート直後の一本目が最大の漕力を要し、ひと漕ぎに要する時間は最も長くなる。しかしこれを長くし過ぎると効率が悪いので、最初の三漕ぎくらいはスタートダッシュといって漕ぐスパンを短くし、ピッチすなわちレートを下げない。二本目、三本目とスピードが加わってくると、ピッチが定まってコンスタントピッチになる。

舵手はスピードコーチに示された艇速などの情報をチェックしながら、漕手に指示を与える。そして舵手は千メートルのどこかで勝負を仕掛けるが、勝負の仕掛け時はスタートを含めた序盤だったり中盤だったり残り数百メートルのラストスパートだったりと様々だ。勝負の仕掛け方はピッチを上げるか、力漕、すなわち力強く漕ぐしかないが、最も大切なのは各漕手の漕ぎ方が乱れずに四人の漕ぎが揃うことだ。

「フー、フー、フー……」

漕手たちは、フィニッシュした瞬間に四人合わせて息を吐き出す。漕手は左右一本ずつのオールを力強く何回も何回も牽いて、三分数十秒で千メートルのコースを漕ぎ抜ける。

漕手は艇の進行方向とは逆向きに座って漕いでいるので、進行方向側は見えない。艇の最も進行方向側の船首で漕いでいるバウの赤塚祥平は自分の直前で漕いでいる二番池之上秀斗の動きに、二番の池之上は自分の直前で漕いでいる三番佐藤健汰の動きに、三番の佐藤は自分の直前で漕いでいる整調古賀雄貴の動きに、それぞれぴったり合わせて漕いでいる。すなわちバウと二番と三番の三人は、整調の動きと寸分の狂いもなく漕いでいるのだ。

整調の古賀がペースメーカーになって、後ろの三人が整調にぴったり合わせるポイントは、オールを水中につけるキャッチのタイミングと、オールを水中から引き出すフィニッシュのタイミングだ。整調のペースに三番が合わせ、それに二番が合わせ、それにバウが合わせて漕手四人が揃った動きをするので、バウの赤塚などは前の漕手たちから伝播されてきたペースで漕いでいるだけで、そこに自分の意思が働く余地はなかった。

ゴールデンウィークの最終日だったこの日の練習は、一回目の乗艇を九時からの二時間と、二回目の乗艇を十二時半からの二時間漕いでいて、ようやくこの日最後の厳しい練習メニューだった千メートル漕ぎを終えた。連休中は休みなしで練習を続けてきたので、クルーの疲労は限界に達していて、この後の練習は軽めの漕ぎを繰り返して発着用桟橋へ戻るだけだった。

まず中山監督が乗ったモーターボートが、発着用桟橋に戻って来た。モーターボートにはブレーキなどの停止装置がないので、船を桟橋に停止させる時は、着岸に合わせてかなり前からエンジンの前進出力を切る。しかしこれを早く切り過ぎると桟橋まで行き着かないし、このタイミングが遅くなってしまうと勢い余って桟橋に突入してしまうので、後進出力を使って減速もできるが、エンジンの切り時は難しくて熟練を要する。

中山監督が運転して来たモーターボートは、桟橋に着岸する時にちょうど停止するくらいの完璧な着岸だった。桟橋で着岸の補助をするために待っていた下級生たちは、ほぼ停止したモーターボートをつかまえるだけの楽な補助になった。ここで普通の監督ならさっさと降りて、モーターボートの後片付けは全て補助員に任せるのだが、中山監督は補助員と一緒になって後片付けまでを行った。

クォドルプルのクルーはクールダウン漕ぎを終え、へとへとになって発着用桟橋に辿り着いた。そしてクルーは休む間もなく艇を自分たちだけで陸に揚げ、念入りに整備を終えてから艇庫に収納した。

後片付けを終えると、中山監督を含めた全員が円陣になってミーティングを行う。ミーティングでは、キャプテンの古賀が進行役を務め、まず部員全員に今日の目標達成度と今後の課題を発表させる。最後に古賀キャプテン自らの発表とともに、全体についてのまとめを述べた後に、中山監督からの指導を受ける。

「監督から、ご指導をお願いします」

「君たちは、何のためにボートを漕いでいるんだ。君たちの成長はどこにあるんだ。ただ強くなること、速く漕ぐことだけが成長か。本当の成長とは何だ」

中山監督は各部員にしっかり考えさせるために、少しばかり間を置いた。

「ローイングに於けるローアウトの精神とは、千メートルを余力を残さずに全力で漕ぎ終わることだろう。そして我々南海高校ボート部には、ローアウトの後の精神があるんだろう。それは自分に余力が残っていなくても、同じく全力を尽くした仲間を先にかばうんだよ。四時間の練習を終えて、へとへとになって桟橋に帰り着いてから、力を抜いた者がいるよ」

終盤に少々語気を強めた中山監督だったが、また流暢な口調に戻した。

「成長のしどころを間違えるな。漕いでいる時も大事だが、それと同様にクルーを助け合う時が大事なんだよ。そのことが早く漕ぐことにも繋がっていくんだよ」

中山監督は技術面と精神面の指導にバランスよく時間をかけるように心掛けてはいたが、現実には今日の指導のように精神面だけに終始することが多かった。それは十五年ほど前に中山監督が、南海高校のボート部員として活躍していた時分に教え込まれた精神でもあった。その精神を今ではOBとして、後輩たちに指導している中山監督だった。

ボート部の指導を終えた中山は、ダム湖西側の山間を車で巡っていた。
大学卒業後に会社勤めなどを経て、四年ほど前に母校南海高校の地学教諭として採用された中山は三十三歳になっていた。大学時代に地学を専門に学んだ中山は、今でも暇さえあれば山を歩き回る。この日のように日没までの時間に余裕がある日は直接帰宅せず、しばらく山歩きを楽しんでから帰る。中山の趣味のようなものだった。どうせねぐらに、ただいま、と言って帰っても、待っていて、お帰り、と迎えてくれる人などいやしない独り身だったからだ。

何とも不可思議な趣味に没頭し、小一時間ほどが経って車を止めていた場所に戻った中山は少々疲れ気味だった。ふと周りを見渡せば、そこは小高い丘の上で結構見晴らしのいい場所だった。そこで小腹も空いたのでコーヒータイムにしようと決め込んだ中山は、車から持ち出した折り畳み椅子に腰を下ろし、のんびりと風景を眺めながら缶コーヒーとおやつを口にし始めた。

東方には、先ほどまでボート部の練習をさせていたダム湖が見渡せる。このダム湖は南北に約三キロメートルあって、千メートルと二千メートルのローイングコースが設置されている。千メートルコースは直線なので公式レース場になっているが、二千メートルコースは中間辺りで少しばかり折れているので、専ら練習用のコースとして使われている。八人で漕ぐシェルエイトなどの種目は二千メートルコースが必要なので、このダム湖には大学生がシェルエイトなどを漕ぎに練習に来ることもある。また千メートルの公式コースが取れるということはカヌー競技にも適しているので、カヌーの大会や練習場としても使われていた。

ダム湖でのボートマンたちは、ただオールを牽いては戻すだけの単純な動作を天文学的な回数繰り返し、同じ等高線上を果てしなく彷徨っている。時には悩みながら、時には不安を感じながら、そして時には絶望を抱えながら果てしなく彷徨っている。しかし中山はボートを漕ぎ続けることで、自分の悩みや不安や絶望を解決してきた。そして今では母校の後輩たちにローイングを指導することで、後輩たちの悩みや不安や絶望を解決する手助けをしてやりたいと思っていた。

高校生ボートマンだった頃から今までに、この場所の辺りからダム湖を見たことがなかった中山は、これまでとは違った感情でダム湖を眺めていた。そして中山は自らが高校生ボートマンとして彷徨っていた頃のことを、懐かしく思い出していた。

中学生時分の中山は勉強が嫌いな訳ではなかったが、学ぶことへの意欲や関心を全く持てずにいた。授業はただ聞き流しているだけの無気力学生で、中学生時代が早く終わらないかとばかり思って、常に孤独感に苛まれていた。

　ようやく中学校を卒業して何とか入学できた南海高校で、新しいことに挑戦したかった中山は、ほとんどの中学校にはなかったボート部に興味を示して入部した。中学生時代がやっと終わったという喜びから、少しは期待感もあってのボート部入部だったが、当初の練習は地獄のように厳しかった。

　来る日も来る日も学校で行う陸上トレーニングはランニングと体力づくりが中心で、唯一のボート部らしい練習といえばエルゴメーターでの練習くらいだった。エルゴメーターはボートの模型のようなもので、実物のボート一人分の尻を乗せるシートや足裏を乗せるストレッチャーなどを組み合わせて地上に置いた、一般的なトレーニングジムなどにある装置だ。

　水に接することなく陸上でボート部らしい練習ができるエルゴメーターだったが、学校に置いてある台数は少なかった。この貴重なエルゴメーターは主に上級生が使うので、入部したばかりの一年生は専らランニングと体力づくりばかりを行う毎日だった。しかし一年生が飽きて退部しないようにという理由から、エルゴメーターにもたまには乗せてもらえたが、単純な動作の繰り返しばかりなので中山は面白くも何とも感じなかった。

　ランニングは足腰を鍛えるとともに、持久力の鍛錬のためにただひたすら走る。ランニングコースは三キロコースと五キロコースが設定されていて、放課後の練習時間の長短に合わせてコースが決まり、雨の日以外は必ず課せられる練習メニューだった。

体力づくりは腕立て伏せや腹筋などのポピュラーなものから、バーベルや鉄アレーなどによる筋力トレーニングまで多種多様で、極めつけはスクワットだ。スクワットは実際にボートを漕ぐ時のような動きで、脚の屈伸を何回も繰り返すばかりのトレーニングだが、毎日の疲れ果てた練習の最後に課される練習メニューだった。

ただ単調なだけで全く面白みがない陸上トレーニングに嫌気が差して退部する一年生は後を絶たなかったが、なぜか中山は辞めることをしなかった。中学生時分から引き続き孤独感が癒えていなかった中山だったが、孤独であるが故に単調な陸上トレーニングに耐えられたのかもしれない。しかし孤独感から脱したいという思いは、以前と変わりなく持ち続けていたのだった。

夏が近づくと一年生も休日にはダム湖での練習が徐々に増え、夏休み中の練習場はダム湖だけになった。ダム湖へは原則として原付か自転車で通うが、夏休みまでに十六歳の誕生日が来ていない一年生は、自宅からダム湖まで自転車で通うか、親の自家用車などで送迎してもらってもよかった。しかし中山は一学期のうちに誕生日が来ていて、夏休みになってすぐに原付免許を取得できたのに、片道二十キロメートルほどもある道のりを一年生が終わる頃までずっと自転車で通い続けた。

　一年生のダム湖での練習はほとんど休日にあるので、片道二十キロメートルほどもある道のりを自転車で通うのは、時間をかけさえすれば可能だった。自転車で通えば体力づくりになるという大きな利点はあったが、とにかく体がきつ過ぎるので、ほとんどのボート部員は一年生の誕生日が来ると原付に切り替える。しかし中山は一年生三学期の春休みまで免許を取ろうともせず、ダム湖まで自転車で通った。

　二年生の春になってダム湖での乗艇練習には原付で通うようになった中山だったが、平日はまだ学校での練習が中心で、相変わらず黙々と陸トレに励む毎日だった。そんな二年生になったばかりの中山に、ある変化が訪れていた。放課後の学校で陸トレをしたりエルゴメーターを牽いたり、ただひたすらに地味な練習を繰り返しているだけの中山は、一年生の二之宮明子からじっと見詰められるようになっていたのだ。

　中学生時分の明子は中山先輩と同じように、中学生時代が早く終わらないかとばかり思っていたが、そんな思いを高校に入学してからも拭いきれずにいた。いまだに孤独感に苛まれていた明子は、地味な体力づくりだけを単調に繰り返してばかりいる中山先輩の姿が不思議でならなかった。そんな中山先輩の姿に、自分自身の孤独からの出口があるような気がしてならなかった明子は、中山先輩の学校での練習を一か月ほど眺め続けていた。

高校に入学したばかりの明子が中山先輩を初めて見掛けたのは、部活動見学でボート部の練習場に行った時だった。ボート部の練習場といっても、校舎に囲まれた芝生の一角に少しばかりの道具を持ち寄っているだけだ。少しばかりの道具とは、ボートを漕ぐ模型が四台とバーベルが数台くらいのものだった。

放課後の部員たちは練習に集合できる時間に違いがあるので、まず各自でランニングを済ませた後に、芝生での練習に取り組んでいた。そこで明子が驚いたのは、一人の男子生徒がランニングから帰り着いた時の形相だった。その顔つきに、マラソンランナーがゴールした時のような成就感に満ちたものとは隔絶たるものを感じた明子は、それが中山先輩であることを後に知る。汗だくの五体で必死に走り抜いてランニングから帰り着いた中山先輩の目つきは、他の部員の誰とも違っていたことを、明子は鋭く感じ取っていた。

それからの明子は、放課後になると教室の窓から校門付近を眺めるようになった。しばらく校門付近を眺めていると、やがて中山先輩が校門から校外へランニングに出掛けていく。その中山先輩を見届けてから、帰ってくる時間を見計らってボート部の練習場近くへと移動する。そこでボート部員から気付かれないように、中山先輩の異様なまでの練習風景を不思議そうに見詰めるだけの明子の毎日は、かれこれひと月が経っていた。

ゴールデンウィークの頃になるとボート部はシーズン本番を迎え、二年生の中山先輩も乗艇練習の日が多くなり、学校での練習は少なくなっていた。中山先輩の練習する姿を学校で見られない日が多くなって寂しい思いをしていた明子は、ボート部の乗艇練習はダム湖で行われていることを調べて知る。

学校では単調な練習だけを繰り返してばかりの中山先輩が、ダム湖でどんな練習をしているのかを見たくなった明子は、五月中旬の日曜日に友人の斉藤由香利を誘って路線バスでダム湖へボート部の見学に行った。

ダム湖のバス停に降り立った二人は、いきなりダム本体を目の当たりにしてその大きさに圧倒された。ダム堤頂部のテンターゲートからは大規模に放流されてはいないものの、堤体の中ほどにある放流管からは滝のごとくに放流されていた。ダムの天端は左岸側と右岸側を繋ぐ道路になっていて、その道路はダム湖を一周する道路の一部だった。

二人が降り立ったバス停はダム湖の左岸側にあって、ダム堤頂部の道路を歩いて右岸側へ渡り行くと、ちょっとしたトンネルがあった。そのトンネルを抜けると、紫陽花と桜が植栽されているダム湖畔の沿道に出た。その沿道の桜の花はとっくに散っていたが、紫陽花は今から茂みを増そうとしているところだった。

スポーツ系の服装に身を包んだ二人は、ローイングかカヌーの関係者のように見られてさほど目立たなかった。

「こんな山の中のダム湖なんかに、無理に誘ってごめんね」

明子が恐縮して言った。

「いいのよ、親友の明子のお願いだから」

ダム湖畔の沿道を散策した二人は、途中で見つけたベンチに腰を下ろした。

由香利は、ベンチの周りに生い茂っている草木の新緑を眺めている。ダム湖沿道の路肩には、ダム湖から無限に供給される水分をふんだんに摂取したかのような紫陽花が一際目立って生い茂っていた。この時期の紫陽花はまだ小花が球状に咲くまでではなく、萼《がく》が内部を包み込んでいる蕾の状態だったが、大きくなりかけの楕円形の葉は鮮やかな新緑を帯びていた。

明子はベンチの周りに生い茂っている草木には目をやることもなく、湖上で気持ちよさそうに滑っているボートだけを眺めていた。

「明子、お目当ての中山君は見つかった?」

思いがけない由香利の問い掛けに明子は驚いた。

「な、中山君って誰のことよ」

「もう隠さなくてもいいのよ。明子が入学した時から、ボート部二年生の中山君ばかり眺めていたことくらい知っていたわよ。今日も中山君がお目当てだと分かっていたから、付き合ってあげたのよ」

明子は親友に見破られていたことはやむを得ないと思ったが、中山先輩に対する思いには少し誤解があると感じていた。

「違うのよ、確かに中山先輩の様子を見たかったのは間違いないけど、中山先輩に好意を抱いているとか憧れている訳じゃないのよ」

「へえー、それじゃ何でこんな所まで追っかけて来るの」

「それが自分でも不思議なのよ。中山先輩が学校で部活をやってる姿は、何かに取り憑かれているように見えてならないのよ」

「取り憑かれているって、どういうことよ」

「だって学校では来る日も来る日もボートには乗れずに、体力づくりばかりやっているのよ。その姿勢には執念すら感じて、何を思い込んで動かぬ一念を通しているのかを知りたいのよ」

「執念ねえ、そうかあ」

由香利は考えるように言った。

親友の由香利と言葉を交わしながら、湖面を行き交うボートに中山先輩が乗っていないか捜していた明子だったが、その姿は発見できなかった。捜し疲れて沿道に視線を移した明子は、向こう側から走って来る数人の人影に気付いた。その人影は徐々に大きくなり、その中に中山先輩がいるのを見つけ、とっさに顔を背けた。

「由香利、中山先輩が走って来たわ。気付かないふりをして」

「本当だ、ランニングしていたのね」

由香利も顔を背けた。

二年生だった中山は、まだクォドルプルやダブルスカルのクルーになれずに、シングルスカルで練習していた。ほとんどの下級生がシングルスカルで練習して艇が足りないので交代で乗艇するのだが、乗艇できない時間は学校での練習と同じように、ランニングなどの体力づくりをやっていたのだった。

中山は明子と由香利の傍を走り過ぎる時に由香利のことは分からなかったが、明子は同じ高校の生徒だと認識していた。ボート部でもない後輩がなぜこんな所にいるのだろうかと思いながら走り過ぎて行った中山は、それ以上に深く考えることをしなかった。学校でも明子に見詰められていることは分かっていたが、殊更気に留めることをしない中山だった。

中山がランニングを終えて艇庫に着いたのは乗艇予定時刻の少し前だったので、その足で発着用栈橋へ向かった。

シングルスカルの乗降は経験が豊富になると一人でもできるようになるが、シングルスカルは当然一人乗りなので、桟橋からの出艇や帰着時には普通は補助員を要する。中山が次に乗艇しようとしていた艇が桟橋に帰着する予定の時刻だったのでその帰着の補助と、代わって自分が出艇するために中山は桟橋で待機した。

帰着した部員と交代した中山は、細長いシングルスカル艇の中央部分の左右にオールを一本ずつ取り付けた。湖面側にあるオールのブレードを水面にはわせた状態で、二本のオールグリップを重ねて片手で握っている。もう片方の手では艇の縁をしっかりつかんで、乗艇の準備を整えていた。尻を据えるシートは最後端に寄せ、シートをスライドさせるためのレールの上に片足を乗せた中山は、もう片方の足で桟橋を蹴って出艇した。

桟橋から離岸した艇はほどなく停止し、中山は両方のオールでバランスをとりながらシートに尻を据え、足先をストレッチャーに差し込んだ。固定金具等の点検も終えた中山は、二本のオールをそれぞれ左右の手で持って本格的に漕ぐ体勢を整えた。

ボートはどの種類でもバランスを崩したりすると転覆しやすいが、転覆する可能性が最も高いのはシングルスカルだ。しかしボートは転覆しても沈没しないように造られているので、転覆してもしがみ付いてさえいれば危険なことはない。転覆してしまっても艇によじ登る要領があって、シングルスカルでの初めての練習では、大抵この水中からよじ登る練習から行うことが多い。レース中でも転覆してしまったら、救助艇などの助けを受けずに自力でボートに上がることができれば、レースを再開できる。またボートがバランスを崩しやすいのは陸上で乗る自転車と同じで、止まっている状態から走り出す時だが、何回も乗艇を繰り返すと感覚をつかんで転覆することはなくなっていく。

シングルスカルの練習を始めた中山は、バランスをとりながら艇を加速していった。上体を鎮座させたシートを前後に何回も往復させながら艇を漕ぎ、まるでスケーターが氷上を爽快に滑り行くがごとくにスピードを増していく。艇はスピードを増すごとにバランスがとりやすくなり、シートにどっしりと預けていた体重を徐々にオールに移しながらストレッチャーを力強く蹴って、更にスピードを増していく中山だった。

そんな中山先輩が漕ぐシングルスカルを、明子は食い入るように見詰めていた。客観的には極めて爽快そうに見える動きだったが、明子は中山先輩が漕いでいる表情だけに注目していた。何回も同じ漕ぎを繰り返しているだけの中山先輩は、孤独感を引きずりながらただ彷徨っているばかりのように見えてならなかった。

「格好いいわねえ」

由香利が見惚れて言った。

確かに誰が見ても湖上をさっそうと滑り行くボートは、シングルスカルに限らずどの種目でも見た目には爽快感満点に見える。更にスピードを増していくとボートと漕手が一体となって湖上を舞っているかのようで、爽快感は倍増されていく。ところが漕いでいる本人は満身の力を込めて何回もオールを牽いているだけで爽快どころではなく、極限の世界を彷徨っている気分だった。

「そうかしら」

とだけ言った明子は、中山先輩が余りにも孤独で可哀想に見えるのだけど、と言いたかったが言葉には出さなかった。

実際にその頃の中山は、ローイング以外のことに不満や矛盾を感じてやり切れない思いを抱えていた。そんな心の内を明子にしっかり見透かされていたことを、中山はかなり後になるまで知ることはなかった。

その年のローイングシーズンが終わろうとする秋頃には三年生が引退し、中山たち二年生中心の新チームが編成された。次年度の新チームの編成はその年の部員数などにもよるが、クォドルプルの漕手四人とダブルスカル二人のメイン漕手を決めた後に、クォドルプルの舵手とシングルスカルの漕手を決める。しかし一人だけ飛び抜けて有望な漕手がいれば、その漕手をシングルスカルのまま三年生まで漕がせたり、同じくらい有望な漕手が二人いれば、優先してダブルスカルでシーズンに臨ませたりすることもある。

中山はクォドルプルクルーの最も中心的な整調のポジションを任され、三年生の夏までローイング一筋になっていくのだった。

中山先輩が卒業するまでの二年間で明子は言葉を交わすこともなく、ただボートマンとしての中山先輩を見詰めるだけだった。中山は明子から見詰められていることは感じていたが、話し掛けることすらしなかった。

明子は親友の由香利から、ボート部に入部するかマネージャーになっちゃいなさいよ、と言われたこともあった。しかし明子は入部したりマネージャーになったりすることはなく、ただ見詰め続けるだけだった。明子は自分と同じ悩みを抱えているのであろう中山先輩が、ローイングに打ち込むことで悩みを払拭できるのかを見届けたかった。しかし明子は中山先輩が悩みから抜け出せた様子を感じ取るに至らず、中山先輩の卒業と同時に二人は離れ離れになった。

中山先輩の姿を見ることがなくなった明子は、中山先輩のことが忘れられずに、というより中山先輩を虜《とりこ》にしていたローイング競技に関心を抱くようになり、独学でローイング競技の勉強をするようになっていた。そして大学を卒業して同県の高校教諭に採用された明子は、部活動でボート部がある高校に赴任した時は監督を引き受けるまでになり、ローイング競技に精通していく。

明子のことを気に留めることもなかった高校生時分の中山は、高校入学と同時に出合ったローイング競技が、自分の人生を一変させたと思っていた。ローイング漬けの高校三年間は、部活動を頑張ったお陰で学業成績も伸長していた。

中山は高校を卒業してからも南海高校ボート部のOB会活動などに専念していたし、何といっても今では教諭として同校に赴任してボート部の監督を務めている。学ぶことへの意欲や関心を全く持てずに授業はただ聞き流しているだけの無気力で、常に孤独感に苛まれていた少年時代とは違って充実した中山の青年時代だった、ようにも見えた。

しかしながら、そんな時代から充実した青年時代への転機はローイング競技だけにあったのか、と聞かれると、そのとおりだと即答できずにいる中山だった。なぜならどこかに孤独感を抱えているのはいつの時でも変わらず、今に至っていたからだった。ローイング競技に熱中した時期を境に無気力な少年時代から充実した青年時代へと人生が一変したのは事実だが、その人生が転じるきっかけについては思案し続ける中山だった。

そして南海高校を卒業して十年以上経ってもいまだに独身でいた明子は、県内の鹿宿《かすき》女子高校ボート部の監督として活躍していた。

中山と明子が再会したのは、今から四年ほど前に新任教諭として南海高校に着任した中山が母校ボート部の監督に就任した年だった。その年最初の県大会となった県高校総体がダム湖で開催された時、高校卒業以来十数年ぶりに二人は再会した。

二人が再会した四年ほど前のダム湖は、中山が高校生時分にボートを漕いでいた頃と大きくは変わっていなかった。高校一年生だった明子が、ボートマンとしての中山先輩を見詰めていた頃と同じように、ダム湖沿道の路肩には紫陽花が咲き並んでいた。

変わったことといえばダム湖上流付近の堆積土が増え、湖水域が若干狭くなっていることくらいだった。ダム湖上流から河川水と一緒に流れ込む土砂がダム湖に堆積していく現象は、数年くらいでは顕著には感じないが数十年も経つと甚だしいものとなる。それは競漕場としてダム湖を使用する場合の、最大の欠点になっていた。

それにもかかわらず、春の桜と初夏の紫陽花をはじめとするダム湖を取り巻く天然の有様は、十年余り前とほとんど変わっていなかった。

「中山聡先生ですよね。鹿宿女子高校ボート部監督の二之宮明子です」

初対面のふりをした明子が挨拶した。

「は、初めまして。中山です」

中山は高校生時分の後輩のことをはっきり覚えてはいなかったが、どこかで会ったような気がして、初めまして、という言葉がすんなり出てこなかった。

「すみません。実は私、南海高校で中山先生の一年後輩なんです」

高校生時分には中山先輩のことを見詰めているだけで、口も利いたことがなかった明子は初対面のふりをしていたが、中山の方は見詰められていたことを仄かに思い出しつつあった。しかしこの時の二人は、見詰め見詰められるだけで終わった高校生時分の関係を、まだ語り合うまでには至らなかった。

その再会から四年余りの間に会う機会も多くなった中山と明子は、県ローイング界の発展のために尽力していた。最近では県ローイング協会の少年男子と女子の指導者として、中心的な存在にまでなっていた二人だった。しかし見詰め見詰められるだけで終わった高校生時分の関係を、この四年の間にもお互いにじっくり語り合うことはなかった。

中山は母校ボート部の監督に就任した四年前から、明確な目標を立てて部員の指導に当たってきた。その目標とは、三年計画で部員を育てるというものだった。就任一年目はその年の三年生を短期間で指導することに追われたが、就任二年目以降は部員が一年生の時から三年生になった時を見据えた指導を行ってきた。

一年生には基礎体力づくりと、ローイングの基礎をしっかり身に付けさせた。基礎体力づくりは徹底した陸上トレーニングであり、ローイングの基礎づくりは夏場のシングルスカル漕ぎと冬場のエルゴメーターでの漕ぎ込みだった。そして日本ローイング協会の競漕規則をはじめとする、ローイングに関する多くの知識も学習させた。

二年生には乗艇時間をできるだけ長くし、徹底した漕ぎ込みをさせた。割とゆっくり目のピッチで漕ぎの基本形を崩さないようにして、ロングスパンの漕ぎを繰り返した。二年生後半のシーズンオフには、やや軽く漕ぐライトパドルでの二千メートル漕ぎや四千メートル漕ぎを繰り返した。もちろん陸上での体力増強トレーニングも並行しての乗艇練習だったが、中山はこの二年生後半の冬のトレーニングこそが三年生のシーズンでの成績に最も影響を与えると考えていた。ローイング競技は冬を制する者が夏を制する、という信念で中山はボート部の指導に徹していた。

三年生になると、まず五月下旬に実施される県高校総体に照準を合わせて練習させる。この県高校総体に勝てば、六月下旬の地区高校総体や八月上旬の全国高校総体へ繋がっていく。しかし県高校総体で負ければそこで全てが終わってしまうので、まずは五月下旬の県高校総体が大きなハードルとなる。一年生から二年生までに積み重ねてきた練習の成果を、この三年生になったばかりの二か月足らずでまとめなければならなかった。

そして、三年計画で指導してきた教え子たちが三年生になり、目標としてきた県高校総体まであと二週間となっていた。

五月中旬の金曜日の放課後、南海高校クォドルプル舵手の加藤は日曜夕刻までの週末合宿に参加するため、大きな荷物を荷台に載せた原付でダム湖に着いていた。加藤は学校からダム湖までの経路からそう外れていない自宅に寄り、学校で使った勉強道具を合宿用具に積み換えただけの原付でダム湖に到着した。

舵手は艇を漕がないので四人の漕手からすると補助役のように見られがちだが、舵手にはかなり重要な役目がある。艇を真っ直ぐ進ませるための舵取りの他に、漕手たちの漕ぎを揃えたり、修正させたり、レースでのペース配分をしたりと、その役割は多岐にわたる。また水上のみならず、艇を陸揚げする時の号令掛けも舵手が行ったりするので、けっして補助役ではない。そんな舵手の加藤は練習前後の細々とした雑用も律儀にこなし、この合宿にも一番乗りで参加していた。

小柄で体力も強靭《きょうじん》な方ではなかった加藤は、一年生の入部当初から練習熱心ではあったが漕手として選ばれることはなく、二年生の後半から舵手に専念していた。舵手に決まってからの加藤は競漕規則をはじめとするローイングに関する専門書を熱心に勉強したのは言うまでもないが、陸上トレーニングでは漕手と同じメニューをこなしていた。漕手に対して過酷な指示も出さなければならない舵手としての加藤は、ローイングに関する知識を熟知しているだけでなく、体力づくりでは漕手と同じだけの汗を流して漕手からの信頼を得たかったからだ。

今回の合宿は県高校総体二週間前で、体力的にも精神的にも追い込むことが目的だった。ここで追い込んだ直後の平日には少しギアを落とした乗艇と陸トレを行い、最後の十日ほどで仕上げの調整を行う。仕上げの調整は二日から三日の間隔を空け、強めの練習と弱めの練習を繰り返しながらレース当日に照準を合わせていく。

これらの練習計画は中山監督が決め、キャプテンと舵手に確認を取った後にクルー全員に伝えられる。今回の合宿の目的と練習メニューもその日の昼休み時間に、キャプテンで整調の古賀と舵手の加藤が中山監督に呼ばれて確認済みだった。

合宿入りの準備を終えたクルーは、艇のリギング作業に取り掛かっていた。艇庫から持ち出したクォドルプル艇を、水上にあるような状態にするために水平な地面に立てた二つの馬に乗せて艇各部の点検や調整作業を行っている。

リギングは艇の動かし得る箇所を調整する作業で、その目的はそれぞれの漕手やクルー全体が漕ぎやすくすることと、艇を効率よく推進させることにある。リギングは艇が製造される時にある程度なされてはいるが必要な部分は可動式になっているので、それぞれの漕手の体形などに合わせて四人のオールの動きが揃うように調整する。特に重要なのがオールを支えるリガーの角度と高さを調整する作業で、この調整はボートをオールで漕ぐテコの原理にとって最も重要な要素となる。

漕手は自分のポジションのリギングを行うが、舵手は操舵装置や艇全体の確認などを行った後に漕手のリギングの手伝いもする。

リギングが一段落したところで、整調の古賀の所へ歩み寄った加藤舵手は練習内容について二人だけでの打ち合わせを始めた。乗艇前のミーティングが終わってしまうと、すぐに乗艇して過酷な練習が始まるからだ。

「古賀、今日から日曜日までの三日間は、かなりハードな練習になるな」

「そうだよ。昼間に監督から乗艇メニューを聞いた時は、ハード過ぎてびっくりしたよ。お前、大丈夫か」

乗艇中の練習メニューは舵手が指示を出して進行するので、余りに過重な練習構成になると漕手からの不満が舵手に寄せられるため、キャプテンで整調の古賀は加藤舵手を気遣ったのだった。

「今日は平日乗艇と同じような練習時間だからまだいいが、問題は明日と明後日だな。何とか耐えて頑張るよ。古賀、ありがとう」

舵手として漕ぎもしないで過酷な練習メニューを課さなければならない加藤は、漕手の苦しさが分かるからこそ辛いが、それを何とか耐えて頑張るというのだ。

乗艇直前のクルーミーティングで、中山監督が気合いを入れる。

「試合前二週間になった。この合宿で追い込みに入る。かなりきつくなると思うが、乗り越えてもらいたい」

とだけ手短に言ってクルーを送り出し、すぐに湖面全体が見渡せる場所に移動した。そこでは折り畳み椅子に座り込んだまま、双眼鏡でクルーを見守るだけの中山監督だった。

合宿初日の乗艇練習を開始したのは、まだ日差しが十分に残っている夕方の五時過ぎだった。ダム湖の下流付近にある艇庫の発着用桟橋を加藤舵手の号令で蹴り出した南海高校クォドルプルの漕手たちは、加藤舵手が発する指図のままに八本のオールを操って湖面を滑り出して行った。

監督からの声はハンドマイクを使ってもほとんど届かないので、加藤舵手はできるだけ監督が陣取っている岸に寄って練習する。監督は艇が近寄って来た時に漕いだままの漕手に指導することもあれば、艇を止めさせてしっかり指導することもある。しかし大抵は何も言わず、見守るだけのことが多かった。そして肝心な所では、モーターボートで追いかけながら指導することもあった。

中山監督からの大まかな練習メニューは舵手と整調があらかじめ聞いているが、それを細かく実行するのは舵手に任されていた。監督は外から見た四人の漕ぎ方を、様々な方面から指導するだけだった。

ダム湖には上流側のスタート位置から下流側に向けて千メートルの地点まで、百メートルごとにブイが設置されている。また千五百メートル地点と二千メートル地点にもブイが設置されているので、練習時であっても千メートル漕ぎや二千メートル漕ぎができた。すなわち乗艇練習はいつでも幾らでも、どんな内容でもできる環境が整っていた。

南海高校ボート部では、一回の乗艇練習時間を約二時間と決めていた。その練習内容は様々だが、主にはアップとインターバルと千メートル漕ぎと二千メートル漕ぎとダウンに分けていた。また冬場などには二千メートル漕いでも止まらずに、大回りして四千メートルを連続して漕ぐこともあった。

ふだんの練習では二千メートルほど行うアップをその日は千メートルで打ち切り、すぐさまインターバル練習に移ってインターバル区間を徐々に長くしていった。上流端のスタート付近に着くと、艇の方向を百八十度転換させるのと同時に休憩を取るのだが、その日はふだんの半分ほどの休憩時間しか取らなかった。

その後も加藤舵手は続けざまにハードなメニューを告げ、漕手四人は限界状態に近づきつつあった。加藤舵手は監督の指示を仰ぎたくて、監督が見ている岸辺付近に何回も艇を止めようとする。しかし監督からは、艇を止めるな、と一喝され、漕いだままでの指導と気合いを入れられただけだった。やむを得ず加藤舵手は、もっと厳しくせざるを得ない後半の練習に進んでいく。

漕手たちは今回の練習が最も過酷になることは十分理解してはいたが、体力的な限界がその思考を麻痺させて加藤舵手に対する不満へと変わりつつあった。漕手は不満の原因が過酷な練習計画を立てた監督にあることを十分理解はしていたが、精神面の弱さがその思考を混乱させて加藤舵手に対する不満へと変わってしまうのだった。

艇の最後尾に陣取って漕手と向き合っている加藤舵手は、艇が進行すると同時にバウから二番、二番から三番、三番から整調、整調から最後に舵手へと伝わって来る風を全て浴びなければならない。艇の速度を増せば増すほど前方からの風を強く感じる加藤舵手は、風とともに四人の漕手が放つ加藤舵手への不満も感じずにはいられなかった。

加藤は、こんな舵手席に居たくはなかった。


割と裕福な家庭の次男に生まれた加藤康太は、秀才で有名大学に進学した兄と同じように期待されているのが嫌だった。そんな康太は高校生になり部活動に生き甲斐を求め、今までに経験したことのなかったボート部に入部していた。部活動にばかり熱中して伸びようのない学業成績に不満だった両親は、苦言を呈したい気持ちを抑えていた。しかしそのことが余計に負担になっていた康太は、いつの時でも居た堪れない気持ちになっていた。

素直で明るく誰にでも愛想のいい兄と違って、寡黙で余計なことは喋らないぶっきら棒な康太だったが、人には思い遣りがあって優しい性格の持ち主だった。そんな康太の性格を幼い頃から分かっていた父親は、誤解されがちだが総じて立派な個性だと思って、自主性を尊重して小言を言わずに育ててきた。そんな康太をいつもリアルに受け止めてきた母親は、ぶっきら棒な物言いをされた誰もが抱く感情と同様な思いを感じて不安だったが、人に優しい我が子の性格に触れるたびに安堵感を取り戻して、小言を言わずに育ててきた。

両親は康太の自主性を尊んで煩く言わずにいるのに、康太自身は自分の性格が修正不能だと諦められているかのように感じて不満だった。両親の思いと康太の受け止めが上手くかみ合わないまま、ずるずると時ばかりが過ぎて行く生活だった。

加藤は、こんな家に居たくはなかった。

部活動にばかり熱中して学業を伸ばそうともしない自分に希望を持てずにいた加藤は、しっかり勉強すればできる自信はあったのに努力をせずにいた。そんな自分を許すとまでは言わないにしろ、わがままな自分を自分自身で放任していることへの反省のようなものを感じ、一方で不安だった。

学業成績が特に優れてはいないが劣ってもいない加藤に対して、部活動と学業を両立させていることを高く評価していた加藤の学級担任は、このままの継続でよいと判断していた。部活動の継続はそれでいいかもしれないが、学業の方は部活動を続けてでも成績を上げるようにと指導するのが一般的な学級担任だろう。しかしそれは単なる一般論であり、学力は落ちなければいいというのが加藤の学級担任の考えだった。

放課後や休日の部活動でくたくたに疲れ果てて自宅学習の時間を多く取らなくても、教室で真っ当に授業を受けていられる。こんな教室に於ける諦めのような感情が、常に加藤を支配してしまっていた。

加藤は、こんな教室に居たくはなかった。

家庭にしても教室にしても、そして初めの頃の舵手席にしても、居場所に納得がいかない加藤だったが、他人を思い遣る気持ちは人一倍持ち合わせていた。他人と接する時は常に他人の立場で物事を考え、他人の痛みが分かる加藤だった。そのことを理解していればこそ親や学級担任は、彼の純粋な心根を守ってやりたいという思いから、何事にも厳しく言わないでいるだけだった。

両親や学級担任などの思いと自分の思いが交錯してしまっていた加藤は、居場所を未知の世界に求めてボート部に入部した。しかしボート部に入部して、ダム湖の湖面を行ったり来たりし続けることで活路が見いだせたのかはいまだに不明だ。新たに見いだせたものといえば、中山監督の指導に込めた思いと、その指導に耐えている漕手たちの苦しみだけだった。

厳し過ぎる練習メニューに耐えている漕手たちの苦しみを自分事のように受け止めていた加藤は、漕手たちから自分に放たれた不満を感じつつ、こんな辛い役目は耐えられないと思っていた。しかしこの舵手席は、今の苦しみを乗り越えさえすれば何とか新天地が拓けて来るのではないかという淡い期待も抱き始めていた。そして、それは両親や学級担任などにはない、中山監督に対する信頼から芽生えていることに気付き始めていた加藤だった。

練習終了の予定時刻まで残り二十分ほどになって、これまで厳しい練習メニューを命じ続けてきた加藤舵手は更なる追い込みに入ろうとしていた。艇をスタートラインに着けた加藤舵手は、艇の位置と向きを修正させた後に厳しい表情で号令を掛ける。

「オールメン、ストップ。ラスト千メートル、強くイコウ」

四人の漕手は疲れ切っていることへの不安や失望から、言葉にこそ出さないものの溜め息を漏らす者さえいた。

この時を見計らっていた中山監督は、いつの間にかモーターボートでの追いかけ指導の態勢に入っていた。

「疲れ切っているからといって、漕ぎを乱すな。気を緩めるな。揃えていこう」

この期に及んで厳し過ぎる言葉を放った中山監督が、スタートの号令を掛けようとしている。

「アテンション・ゴー」

八本のオールは寸分狂わず一斉にしなり、まるで野獣から襲われた動物が敏感に逃げ出すように、艇が勢いよくゴールを目指して滑り出して行った。

「イチ、ニイ、大きくイコウ、サアイコウ」

加藤舵手は号令を掛けた後に、キャッチ、フィニッシュ、という二つの単語を大きな声で繰り返し始めた。

四人の漕手の漕ぎがぴったり揃うように、加藤舵手はキャッチ、フィニッシュ、という二つの単語を、メトロノームが同じ時を刻むように、ただ繰り返して発していたのだ。加藤舵手が発するキャッチ、フィニッシュ、という掛け声は、いつになく力強く気合いが入っていた。加藤は漕手四人の苦しさが痛いほど分かっていたからこそ、みんな頑張ってくれという願いを込めて、大声での掛け声になっていた。

苦しい練習の末になおも過酷な漕ぎを漕手に強いなければならなかった加藤は、辛く感じて仕方がなかったが、なぜかそこから逃げ出すことはなく居続けていた。それは過酷な命令を四人の親友に課し続けていた加藤が、自分自身とも闘っていたからに他ならなかった。この千メートルを漕ぎきった先には、自分が探していた何かがあるような気がしてならなかった。

　加藤舵手が発するキャッチとフィニッシュの掛け声は、相変わらずメトロノームが規則正しく時を刻むように同じテンポで続いていた。

　漕手はキャッチ前に吸って溜め込んだ息を止めたまま、加藤舵手が発したキャッチの単語を聞いた瞬間に水をオールブレードでつかんでオールを懸命に牽き寄せている。更に漕手は加藤舵手が発したフィニッシュの単語を聞いた瞬間に、オールブレードを水中から引き出してフーと息を吐き出している。五人のクルーはこれらの単純な動作を、何回も何回も繰り返すばかりだった。

　中山監督はモーターボート上から、四人の漕手の動きを細かく見ている。まずキャッチとフィニッシュの瞬間を、四人の上体が揃っているかどうかで判断する。四人の上体が揃わなければ、キャッチとフィニッシュは揃わないからだ。また四人の上体が正しい姿勢で漕げているかも見逃さない。キャッチの瞬間に頭が突っ込んでいないか、フィニッシュを最後までしっかり牽き寄せないまま漕いでいないか、など細かく見ている。四人の上体が微妙にずれたり正しい姿勢で漕いでいなかったりすると、中山監督はすかさず檄を飛ばして修正させる。

これらの漕手の体勢は舵手席からは見にくくて、艇の横から見ている者からの指摘が有効なので艇の横に着けているモーターボートから見ている中山監督が指示を出していた。

艇が三百メートルに達した時、加藤舵手は新たな号令を掛ける。

「足蹴り十本強くイコウ、サアイコウ」

毎回の漕ぎは足で蹴った力をオールに伝達して艇を進めるが、足蹴り十本イコウの号令が掛かった次の漕ぎから十本の足蹴りは最大限の脚力で漕ごうというのだ。最大限の足蹴りで力強く漕いでいるかどうかは、大きく二つの判断方法がある。一つはオールを牽くスピードで分かり、もう一つは漕いでいる時のオール先端のブレードが水を力強く押しているかで判断できる。誰かの牽きが弱くなると、すかさず中山監督からの檄が飛んだ。

足蹴り十本が終わった時の加藤舵手は、そのアシケリツヨクを終える号令ではなく、別の号令を発する。

「大きくイコウ、サアイコウ」

中間点の五百メートル付近に差し掛かった頃、苦しくて頭が下がり気味になっている漕手を見逃さなかった中山監督は、すかさず檄を飛ばして漕ぎを修正させた。キャッチの時に頭が下がって突っ込んでしまうと、上体が猫背気味になってベストなキャッチができないからだ。

艇が六百メートルに達した頃、加藤舵手は二回目の足蹴り号令を掛ける。

「足蹴り十本強くイコウ、サアイコウ」

既に限界を感じていた四人の漕手は、蹴るには蹴るがもう力が入らないと、疲労困憊の体をいかんともし難く苦しんでいた。

加藤舵手は、頑張れ頑張れと心の中で念じながら、イチ、ニイ、サン、シイ、……と漕ぎに合わせて大声を発するだけだった。

艇の横からモーターボートで見守っている中山監督は、牽きが遅い、真っ直ぐ速く牽け、もっと足を蹴れ、などと足蹴り十本の間中、矢継ぎ早に檄を飛ばした。

艇が八百メートルに達しようとした時、加藤舵手は更なる追い込みに入る。

「ラストスパート二百イコウ、サアイコウ」

加藤舵手も中山監督も四人の漕手も、ここが最後の正念場であることは分かり切っていた。しかし漕手四人の五体は傷こそ負ってはいないものの、満身創痍と言っていい状態だった。それでも力を振り絞って、最後の二百メートルを漕ぎ抜こうというのだ。漕手四人は五体の全てに感じる痛みを堪え、苦しさを耐え、歯を食い縛って漕いでいた。

この段階で漕手の漕ぎが乱れがちなのが、フィニッシュを最後までしっかり牽ききれないことだ。もう余力が残っていないためにフィニッシュを胸元まで牽ききれない。中山監督はラストスパートが掛かった時から、フィニッシュを胸元まで牽きつけることを中心に指導している。

「最後までしっかり牽きつけろ。足を強く蹴って、体を飛ばして、牽きつけろ」

中山監督の最後の檄が飛んだ。

加藤舵手は漕手の痛みや苦しみを自分事のように受け止め、舵を切るためのラダーロープを力一杯握り締めた掌は汗でびっしょり濡れていた。そして加藤舵手は、あと二百メートル漕ぎきった先にある何かを五人でつかむのだと自分自身に言い聞かせながら、ソーレ、ソーレ、ソーレ……とゴールまで怒鳴り続けていた。

艇がゴールラインに達すると同時に、加藤舵手は漕ぎを止めるための号令を掛ける。

「アリガトウ」

艇がゴールラインを滑り抜けた直後、加藤舵手の指示で八本のオールは漕ぐ動作を終えた。

「イージー、オール」

艇速が落ちた頃を見計らった加藤舵手の指示で、八本のオールはブレードを天空に向けて水面に置かれた。

まだ艇は止まっていないのでオールブレードは水上スキーのスキー板のように音を立てて滑っているが、やがて速度を落として艇は停止する。

四人の漕手は頭《こうべ》をがっくり垂らして五体全てが地球の引力に吸い込まれているような体勢で、ただオールグリップだけを辛うじて握り締めている。中山監督はゴールを境にぴたりと口をつぐんで、モーターボートは艇庫の方へ帰って行った。

モーターボートが残した航跡でゆりかごのように揺れ出した艇の舵手席では、加藤舵手が果てしのない天空をしばし見上げていた。そこには日没を待って輝きを取り戻そうとしている星たちが、ちらほらと出没していた。

清々しい気持ちで星空を眺めていた加藤は、現実とはかけ離れた考えを巡らせていた。この星屑たちが存在する宇宙の果ては未知の領域なのはいかんともし難いが、その原点はどこにあるのだろうか。地球が公転し自転することによる星屑たちのステージであることに鑑みれば、その原点は地球なのだろうかと妄想していたのだった。

加藤はこの千メートル漕ぎのスタート前、これを漕ぎきった先には自分が探していた何かがあるような気がしていた。その千メートル漕ぎを終えたばかりの加藤は、果たして新天地が拓けてきたのだろうかなどと思案することなく、現実とはかけ離れた星屑なんぞに思いを巡らせていた。しかし今までの加藤なら家にも教室にもこの舵手席にも居たくはないと思っていたが、この舵手席だけは努力すればするほど居心地がよくなり、得られるものも多くあるように感じていた。

漕手たちは頭をぐったりと垂らし込んだままでいたが、整調でキャプテンの古賀がおもむろに頭を持ち上げた。古賀は目の前に鎮座している加藤舵手を見るなり、お疲れ、と声を掛けて微笑んだ。

はっと我に返った加藤舵手は古賀を見詰め返すなり、お疲れ、と小声で返して微笑んだ。そして古賀キャプテンは百八十度後ろを振り返って、後ろの三人にも、お疲れ、と今度は大きな声を掛けて笑顔を見せた。

後ろの三人も一様に、お疲れ、と大声で返して微笑んだ。その三人の返事は古賀キャプテンに対してだけの返事ではなく、お互いをねぎらい合う、お疲れ、であったことは誰もが感じていた。そしてそのねぎらいは自分にも掛けられていることをひしひしと感じた加藤舵手は、やっぱりこの舵手席にだけは居続けたいと痛感した。

込み上げてきそうな涙をじっと堪えていた加藤舵手は、クールダウン漕ぎを終えて、何事もなかったかのように発着用桟橋に艇を滑り込ませた。桟橋の辺りでは、日中なら彩り鮮やかに帰着艇を迎えてくれるかのような紫陽花が、その時はもう黄昏が広がっていて、薄暗くなりかけた景色の中でそこだけ鮮やかさが放たれているようだった。

合宿二日目の土曜日も三日目の日曜日も同じようなハードメニューを繰り返したが、いずれも最後は同じような結末だった。

中山監督は二週間後に迫った県高校総体に向けたこの合宿で、体力的にも精神的にも追い込むという目的はほぼ達成できたと思っていた。あとは二週間後のレースに照準を合わせて調整していくだけで、その練習計画も既に立てていた。

クルーの五人全員は苦しい合宿を乗り越えられたことで体力と競技力が格段に向上したことと、五人の友情を一段と深められたことを実感していた。更にこれらの合宿の成果は、県高校総体への自信にも繋がっていくのだった。

そして今まで自分の居場所をどこにも見いだせなかった加藤は、苦しみ抜いた挙げ句に辿り着いたようなこのポジションを大切にしようと思っていた。

第二章　雨中の拳

空から舞い降りた無限の雨粒は同一等高線上で待ち受けるダム湖面に突入するも空しく、ことごとくダム湖水へと化していた。

地獄のような合宿から二週間が経った五月の最終土曜日、朝から雨が降りしきる悪天候の中で県高校総体のローイング競技がダム湖で初日を迎えていた。競漕会は原則として晴雨を問わずに行われるので、著しく気象条件が悪化でもしない限りこれぐらいの雨なら一日中降っても延期や中止になることはない。

南海高校ボート部クォドルプルクルーの五人は試合前のリギングやウォーミングアップに余念がなく、キャプテンで整調の古賀雄貴の指示通りに動いていた。乗艇時には舵手の加藤康太が指示を出すが、陸上での活動中はほとんど古賀キャプテンが指示を出す。いずれにしても指示の発生源は中山聡監督からだが、それをクルー全員に伝えるのは加藤舵手か古賀キャプテンに任されていた。

あらゆる行動の発生源となる中山監督からの指示は大地震級の苦難を伴うようなこともあれば、些細な連絡だけのこともある。いずれにしても、中山監督が指示のほとんどを加藤舵手か古賀キャプテンを介してクルーに伝えるのには、監督としてのある思惑があったからだ。

中山監督が自分で決めた練習計画やレース戦略などをダイレクトにクルー全員に伝えることも可能だが、加藤舵手か古賀キャプテンあるいはその両者にあらかじめ打診することによって、一つには舵手とキャプテンの役割の重要さを二人に認識させたいと考えているからだった。二つ目は、レース中に自分たちだけで判断して戦略の変更などをしなければならないことへの対策。そして三つ目は、中山監督自身の指導への疑心を払拭するためでもあった。

その一つ目と二つ目の狙いについては、ある程度の効果があった。しかし三つ目の狙いについては二人からの反応はおろか意見すらあったことはなく、中山監督の疑心が払われることは皆無だった。加藤と古賀はいつの時でも中山監督からの指示を命令のように受け止め、クルー全員に指示を降ろす段階で悩み抜くだけだった。

試合前のリギングやウォーミングアップでのやるべきことは決まっているので、中山監督からの特別重要な指示はない。レースまでの時間配分などについても、中山監督が加藤舵手と古賀キャプテンに確認しておく程度だった。

ウォーミングアップにはランニングが欠かせないが、ダム湖近辺でランニングに適しているのはダム湖を一周する沿岸道路しかない。ダム湖を一周すると約十キロメートルあるが、レースまでの調整ではその一部分を軽く往復するくらいだった。

ダム湖の沿岸はほぼ同一の等高線上なので高低差はほとんどないが、カーブが多くて車も通る比較的狭い道なので、ランニングコースとしては余り好ましくない。しかしウォーミングアップ程度なら、不適と評するまでもなかった。その日は雨だったので五人はカッパを着て、ダム湖沿道を右に左に進行方向を変えながら息を揃えて走っていた。ダム湖沿道の紫陽花はダム湖から無限に供給される水分に加えて、朝から降りしきっている雨によって一段と茂みを増しているようだった。

高校生の競漕会は一人乗りのシングルスカルと、二人乗りのダブルスカルと、五人乗りのクォドルプルの三種目が男女それぞれに実施される。県大会は出場チーム数がさほど多くないのでレース間隔を詰めれば一日で終わるが、漕手の健康面を考慮して一日に二レースまでを二日間で実施する。ジュニア競技者が漕手として参加できるレースは一日に二回までと、競漕規則に定めてあるからだ。

県高校総体の初日は開会式後の午前中にシングルスカル女子、同男子、ダブルスカル女子、同男子、クォドルプル女子、同男子の順に予選が行われた。クォドルプル男子種目は八チームがエントリーしていたので、予選は四チームずつの二組で行われた。予選各組での一位通過チームは二日目の決勝に直接進出できるが、他の六チームはその日の午後に実施される敗者復活戦に回る。敗者復活戦での上位二チームは決勝に進出できて、準決勝は実施されないという競技日程になっていた。

クォドルプル男子の予選はスタート予定時刻が午前の部の最後だったので、開会式後にリギングとウォーミングアップを念入りに済ませた南海高校クルーは、乗艇直前に中山監督を含めたクルーミーティングを行った。レース直前のクルーミーティングは練習時のそれとは違って、レースに対する対策が中心になる。風雨などによるレーンの状態、自チーム漕手のコンディション、対戦相手についての情報があればその分析などについて、打ち合わせる項目は多岐にわたる。そして最も重要なのが、これらの状況判断を基にした戦術だ。しかし細々と多くは取り上げない。要点だけを簡潔に、漕手の士気が上がるように語る。

ミーティングを終えた南海高校クルーは時間にゆとりを持たせて試合艇に乗り込むために、リギングを済ませた状態で艇置き場に置いていた試合艇を出艇桟橋まで運ぼうとしていた。

「手を掛けて、持ち上げよう、イチ、ニイ、サン」

艇に手を添えているだけの加藤舵手が声を掛けると、四人の漕手が一斉に艇を頭上まで持ち上げた。

「肩までイコウ、イチ、ニイ、サン」

艇の脇にいる加藤舵手が声を掛けると、四人の漕手が二人ずつ左右に分かれ、艇をそれぞれの肩に載せた。

そして艇を桟橋まで運んだ。

「差そう、イチ、ニイ、サン。ゆっくり降ろそう、イチ、ニイ、サン」

指示だけを出している加藤舵手が声を掛けると、四人の漕手が一斉に艇を頭上まで差し上げた後にゆっくり水面へと降ろした。四人の漕手は、あらかじめ乗艇する位置の傍に置いていた左右一本ずつのオールを艇に装着して乗り込む態勢を整えた。

「蹴ろう、イチ、ニイ、サン」

出艇準備が整ったことを確認した加藤舵手が声を掛けると、桟橋を蹴ったクルー全員が艇に乗り込んだ。と同時に、艇は湖面へと滑り出して桟橋を離れて行った。

四人の漕手は前後に移動する体の動きを合わせ、八本のオールの動きもぴたりと揃えながらキャッチとフィニッシュを繰り返し始めた。漕ぎのリズムは全て整調の古賀が取っているので、後ろの三人はただ整調のリズムに合わせて漕いでいくだけだった。

整調の古賀は予定されたピッチを正確に刻まなければならないので、ただ同じ調子で漕ぐことを求められていた。実に単調な作業の繰り返しを、飽きもせずに正確に繰り返すだけの古賀だった。その漕ぎの繰り返しは、まるで地球が地軸を中心に一日で一周自転するのを何日も何日も繰り返すのと同じように単調で正確な周期だった。

ローイングの一周期と地球の自転の一周期とでは桁外れの違いがあるが、同じことの繰り返しという意味では同様だ。そして地球の一日一日には同じ人間でも違った営みがあるように、ローイングの一本一本にも艇が受ける波や風や艇速の違いや艇のバランスの乱れなどによる違いがあった。とりわけ最も重要視しなければならないのは、艇のバランスの乱れによる漕ぎ方の対応だ。艇のバランスの乱れは波や風などの自然現象によるものと、クルーに起因するものとがある。

自然現象によるバランスの乱れはいかんともし難く、漕手のテクニックでカバーしなければならない。厄介なのはクルーに起因するバランスの乱れだが、これはクルーの体が左右のどちらかに傾くか、漕手の誰かが左右のオールブレードを違った深さで漕ぐことなどに起因する。あるいは舵手に起因することもあるが、これは艇の進行方向を修正する時に舵を強く引き過ぎると、その引いた方向に艇が傾いてバランスを崩す。

漕手は、このようなバランスの乱れにも対応しながら漕がなければならない。特に整調の古賀はローイングの一本一本を、その時々の状況に素早く対応させ、定められたリズムで正確に漕いでいた。

物静かで正義感が人一倍強い古賀はふだんは無口だ。曲がったことが大嫌いで、高校入学当初はもめ事に巻き込まれて喧嘩に至ることが少なくなかった。

高校に入学したばかりの古賀の学級では、出身中学校ごとの小競り合いがあった。小競り合いはやがていじめに発展し、その犠牲者は友人の少ない小心者だった。最初は厄介事に関わりたくなかった古賀だったが、いじめを止める者が誰も出てこないことにしびれを切らして止めに入ると、案の定、喧嘩にまで発展してしまった。その場は教室ということもあってつかみ合いだけで終わったが、時と場所を変えて決着をつけようということになってしまった。

決着場所に一人で出向いた古賀だったが、相手の同級生は三人で手ぐすねを引いて待っていた。相手が三人であることに物怖じしない古賀は、低音の声で威嚇した。

「三人でも何人でも相手にしてやるが、お前らも男なら一人ずつ順番に掛かってこい」

「何をぬかすか」

と言いながら最も大柄な佐藤健汰が他の二人を待機させて出て来た。

佐藤はその後に古賀と同じボート部に入部し、同じクォドルプルのメンバーになることをこの時はまだ知る由もなかった。

肩で風を切る勢いの佐藤は拳を掲げて掛かって行ったが、古賀の強烈なキックを数発受け、立ち上がれないほどになってしまった。それを見ていた二番目の同級生も三番目の同級生も、恐れ戦《おのの》きながら渋々向かって行ったが、佐藤と同じく惨憺《さんたん》たる敗北となった。

これからの三年間を級友として付き合っていかなければならない佐藤たちに対し、見下す体勢のままでは語れないと思った古賀は、佐藤たちと同じ目線まで腰を下ろした。

「級友はみんな、同じ釜の飯を食わされる仲だぞ。好きも嫌いも言っていられないぞ」

諭すような口調で古賀が言った。

打ち解けたような視線を佐藤たちから向けられた古賀は、彼らにそっと手を添えておもむろに立ち上がった。と同時に佐藤たち三人も、痛々しい五体をかばいながら何とか立ち上がった。

いじめは絶対悪でけっして許されるものではないと誰しも分かってはいるが、いじめる方の心情も分かっていた古賀はいじめられた方だけでなく、いじめた方の三人も不憫に思えていたのだ。だからこそ、このような喧嘩を買ったのだった。いじめる者たちの孤独感や絶望感から来るやり所のない鬱憤《うっぷん》を幾度か抱いたことがあった古賀は、いじめた三人を不憫とまでに思えていた。そんな古賀の心根が痛いほど理解できた佐藤たちだったたからこそ、多くを語らずとも打ち解けるに至ったのだった。

喧嘩に勝つことが目的ではなかったのに圧倒的な勝者になった古賀は級友から一目置かれる存在になっていたが、けっして威張ることもなく平凡な一年生として学業にいそしんでいった。そんな古賀に厄介な難題が降り掛かって来たのは、一学期が終わろうとする頃だった。

佐藤たち三人組は学級内では古賀と親しくなり、入学当初にいじめていた生徒とも仲良くなっていたが、学校外では何かといざこざが続いていた。夏休みに入る数日前にも、街中で出会った他校生と喧嘩沙汰にまでなっていた。喧嘩相手は同じ高校一年生だが市内で最も問題視されていた高校生たちで、佐藤たちが喧嘩して勝てる相手ではなかった。その時は街中ということもあって、改めて一学期終業式の夕方に街外れの河川敷で決着をつけることになった。

勝てないことは分かっていた佐藤は頼れる仲間もいなかったので、やむなく古賀を頼ることにした。喧嘩の助太刀など引き受けてくれるはずのない古賀であることを十分承知していた佐藤は、自然の成り行きで喧嘩に至る手立てを考えていた。

一学期の終業式が終わった夕暮れ時に佐藤たち三人組が何とか古賀を誘い出して街外れの河川敷へ歩いて行くと、しばらくして遠方に喧嘩相手の高校生がたむろしていた。

「佐藤よ、あそこにいる奴らは、俺たちを待っているところじゃないのか」

怖じ気付きもしない古賀は呆れた口調で言った。

「あいつら、また待ち伏せしていやがるか」

佐藤は口から出任せを放って、その後にも口を極めて自分を正当化した。

古賀は佐藤の言い分を全て信じてはいなかったが、ここまで来たら避けては通れまいと性根を据えて足を止めなかった。喧嘩相手の前まで至った古賀は、悠然と立ち止まった。佐藤たち三人は古賀の後ろに、隠れるように及び腰気味で構えている。

五人で待っていた喧嘩相手は全員の眼が据わっていて、いかにも喧嘩が強そうだった。中でも真ん中にいるリーダー格の男は一際鋭い眼光で、なぜか古賀と火花を散らした後に状況を察したのか、佐藤の方へ視線を移して口を開いた。

「おいこら佐藤、堂々と前へ出て来んかい」

「何をぬかすか」

とだけ言い放って御託を並べたがらない佐藤は、古賀たち仲間を押しやった後に渋々と突撃して行った。

古賀たち四人と相手のリーダー格以外の四人が、一対一で四組の喧嘩になった。相手のリーダー格の男は誰とも組み合わず、ただ古賀の動きをじっと見詰めていた。佐藤たち三人は必死で相手に向かっているが、ボコボコに打ちのめされていた。ところが古賀は一切手を出さず、ただ打ちのめされているように見えた。しかし古賀は雨あられと飛び来る相手の拳を、蝶のごとくにかわしていたのだった。痛烈な打撃を受けることなく一切反撃もしない古賀は、意味のない喧嘩だよと心の中で思いながら眼だけは輝きを失っていなかった。

そんな古賀の眼を見逃さなかった相手のリーダーは、なかなか性根の据わった男だと感じて薄気味悪い笑みを浮かべながら古賀をずっと見詰めていた。

「こら、お前たち、喧嘩をやめろ」

喧嘩に気付いた巡回中の警察官が止めに入り、九人全員は近くの派出所へ連行されていった。

派出所で事情聴取を受けた九人は厳重な指導をされた後、呼び出されていた身元引受人に引き渡された。

身元引受人と同様に連絡を受けて駆け付けていた在籍高校の生徒指導担当者には事情聴取でまとめられた事件の概要が説明され、それぞれに協力し合って今後の指導に当たることが要請された。南海高校の生徒指導担当者は、ボート部監督の中山先生だった。

その日のうちに管理職への報告を終えていた中山先生は、翌日の職員朝礼で概要を説明し、古賀たち四人に別室で聴取すると連絡した。事実上の特別指導、昔風に言えば謹慎の始まりだった。古賀たち四人はそれぞれ別の部屋で、喧嘩に至った経緯や喧嘩の状況などについて細かく聴取された。

古賀たち四人を聴取した生徒指導係員がそれぞれ持ち寄った情報を照らし合わせ、間違いないかを確認した後に生徒指導係としての指導原案が作成された。指導原案作成のための生徒指導係会では、古賀への処分が問題になった。他の三人は喧嘩に至った原因にも関係し、相手とかなりの殴り合いもしている。しかし古賀は喧嘩に巻き込まれたような状況で、相手には手も出していないようなのだ。

生徒指導係会で、古賀に対する処分は他の三人より軽くすべきだと中山先生ら少数の者が主張した。しかし結局は同じ場所で同じ行動に参加していた四人全員に、同様の特別指導を行う原案に決定した。生徒指導係の原案を基に審議された職員会議でも古賀の扱いが問題になったが、原案通り四人全員に同様の特別指導を行うと決定した。

特別指導に入る際には保護者同席の上で、一人ずつ校長から直接言い渡しがある。古賀への言い渡しには父親が同席していた。

校長室奥側の真ん中の席に校長が座り、その左隣には教頭、右側には生徒指導部主任と担任が座った。テーブルを挟んだ校長の前の席に父親が座り、父親の後ろには古賀が立っていた。

「これから、古賀雄貴君の特別指導の言い渡しを行います」

生徒指導部主任が会を始め、続けて事実確認を行った。

「……古賀雄貴君、間違いないですか」

「間違いありません」

雄貴ははっきりとした口調で認めた。

「それでは校長から、指導の言い渡しをお願いします」

生徒指導部主任が校長に言い渡しを依頼した、その時だった。

「しばらくお待ちください」

父親はその場に立ち上がり、低音のゆっくりとした口調で割って入った。

「このたびは学校や関係の皆様に対しまして、大変なご迷惑をお掛け致しました。つきましては本人に責任を取らせる意味で、本校を退学させたいと思っています」

父親は深々と頭を下げながら言った。

雄貴が幼少の時分に妻を病気で亡くしていた父親は、今までずっと男手一つで雄貴を育てていた。父親は雄貴を育てるためだけに再婚もせず、妻との大切な想い出を温めながら生きていた。常に仕事と子育てに多忙だった父親は職業人としての地位や男としての体面もかなぐり捨てながら、雄貴を立派に育てることだけを優先させて自分の生き様を貫いていた。

　幼少期からこれまでの雄貴を育てる中で父親が最も重要視してきたのが、善悪のけじめをつけさせることだった。ふだんは厳しい小言を言わない父親だったが、雄貴が悪いことをしてしまった時には厳しく叱りつけることはしない代わりに、厳しい対応を強いてきたのだ。このたびの特別指導に至った雄貴の行動も特別な指導を加えて改善させるのではなく、悪を犯してしまった厳しい対応として高校を退学させるというのが父親の考えだった。

　あ然として驚いた学校関係者は一様に言葉を失ったが、しばらくして校長が口を開いた。

「まあお父さん、お座りください。今回の古賀君の行動は、退学を要するまでにはないと判断しています。しかしながら経緯はともあれ、喧嘩に加わっていたことは事実ですので、それなりの特別な指導を行います……」

　その後も続いた校長の話に十分納得した父親は、再びその場に立ち上がった。

「よろしくお願い致します」

　改めて深々と頭を下げた父親は、納得した様子で静かに言った。

父親が信念を最後まで通さずに雄貴の退学を撤回したのは、この校長が率いるこの高校の指導なら厳しい対応を強いなくとも、雄貴を真っ当に育ててくれると確信したからに他ならなかった。

そして雄貴は誰から指図された訳でもなく、父親と同様に深々と頭を下げた。雄貴は尊敬している父親が、学校を辞めろと言えば従うつもりだった。しかし父親が校長の話を聞いて退学させることを撤回したので、父親に従ったのだった。

十六歳になる雄貴のことを最優先に考えていた父親は、これまでは厳しい対応を課す自分なりの指導でよかったが、ここは高校を中心にした世間の協力も必要だと考えた。恐らく三年後は自分の手を離れていく雄貴のためには、世間の荒波にもまれることも欠かせないと思ったのだった。

一週間ほど続いた古賀の特別指導では多くの教員が関わってくれたが、古賀自身が最も心に染みたのは中山先生からの指導だった。古賀は自分を喧嘩に引き込んだ佐藤や喧嘩相手のことは恨んでもいなかったし、警察沙汰になったことや学校での特別指導もとばっちりを食ったとは思っていなかった。ただ古賀は今回の喧嘩に於いては逃げる場面でもなかったし、叩かれても叩き返す場面でもないと判断しただけだった。それを理解してくれたのが父親であり、学校では中山先生だった。

大学卒業後に会社勤めを経験してから教員になった中山は、会社勤め時分の経験から古賀の立場が痛いほどよく理解できていた。厳しい社会生活に於ける理不尽ともいえる要求にも耐えなければならなかった中山の会社勤めは、好むと好まざるとにかかわらずその流れに沿って生き抜くことが要求された。中山はそんな生き方が嫌で、会社勤めを辞めて教員になったと言っても過言ではなかった。

夏休みの前半は特別指導を受け、後半も日誌指導などに追われて、遊ぶ暇もないほどの古賀たちの夏休みだった。

そんな夏休みも終わって二学期が始まった早々に、古賀は中山先生に呼ばれていた。

「古賀は部活動を何もしていないよな」

「はい、興味のある部活動がありません」

「ボート部に入らないか」

とだけ中山先生は言った。

それはローイングの素晴らしさや魅力すら語るものではなかったが、ただ中山先生からの誘いというだけで古賀はボート部に入部する気になった。

「ローイング競技のことは何も知らない僕が、今からでもやっていけるでしょうか」

「まだ一年生の二学期になったばかりだぞ。ボートマンのほとんどは中学生での競技経験はないし、高校の途中から始めている部員も少なくないから全然問題ないよ」

「分かりました。それでは、よろしくお願いします」

古賀は固く決心した表情で言った。

「ところで、今回の喧嘩で一緒だった同級生の三人で、部活動をしていないのは佐藤健汰だけだと聞いているが、ボート部に入る気はないだろうか」

「そうです。他の二人は部活をしていますが、佐藤は部活をやっていません。一緒に入部しないか誘ってみます」

教室に戻った古賀は佐藤を呼び出して、ボート部への勧誘を始めた。

「なあ佐藤、俺と一緒にボート部に入らないか」

「ボート部だと、何で俺がボート部なんだよ」

唐突な古賀からの誘いに佐藤は戸惑っていた。

「このままダラダラした高校生活を過ごしたくないんだよ」

「そうだなあ」

これまでダラダラした生活を繰り返してきた佐藤も、少しは古賀の意見に同感だった。

「ダラダラした生活から抜け出すには、部活が一番いいと思うんだよ」

「そうなんだろうけどなあ」

古賀の意見に理解はするが、部活動なんて続くはずがないと佐藤は思っていた。

「俺はなあ佐藤、誰もが中学校からやっているような競技じゃなくて、ほとんどの部員が高校から始めているボート部に挑戦してみようと思っているんだ」

「そうか」

今まで堕落しきっていた佐藤は、やってみる価値はあるかもしれないと思い始めていた。

「実はなあ、夏休み中の特別指導で親身になって話し込んでくれた中山先生から、ボート部に入らないかと誘われているんだよ」

夏休みの特別指導で古賀と同様に中山先生の指導を有り難く受けていた佐藤は、中山先生から、と言った古賀の言葉に眼を輝かせていた。

「中山先生からは、お前と一緒にボート部に入らないかと誘われたんだよ」

「そうだったのか」

とだけ言った佐藤はしばらく黙り込んで、歯を食い縛っていた。

「どうした佐藤」

凝固してしまったような佐藤の表情に驚いた古賀が尋ねるが、佐藤は何も答えない。佐藤はただ嬉しくて、力を入れて堪えているばかりだった。

それから古賀とともにボート部に入部した佐藤は、すっかり変貌を遂げていった。一年生の一学期までは粋がってばかりで強くもない喧嘩にのめり込んでいた佐藤だったが、ボート部に入部してからは、やり切れない感情から逃避してばかりではいけないと改心してボート部活動に熱中していった。

しかしボート部に入部する以前は卑劣な手段に頼ったりして生き長らえて来た佐藤にとって、自分自身は改心できても周りがそれを許さなかった。特に佐藤が変わろうと必死になって頑張っていた一年生の後半は、健全なローイング生活に染まろうとしている佐藤を過去の悪の世界に引き戻そうとする環境が少しは残っていた。

佐藤たちが一年生の秋を迎えた頃から、南海高校ボート部はシーズンオフの練習に移った。ローイング競技は夏場がシーズンの競技なので、冬場は専ら体力づくりに重点が置かれる。特に一年生の冬場は乗艇回数も極端に減り、平日は学校での陸トレで体力増強を図ったりエルゴメーターを使って漕ぎの模擬練習をしたりする日が多かった。

毎日の授業が終わるとランニングや陸トレを繰り返し、筋肉が増したかどうかの確認もできないままにただ地道な練習を繰り返していたボート部員たちだった。サッカー部や野球部などが実際の競技に即した練習をしているのを横目に見ながら、秋から冬にかけてはただトレーニングだけを繰り返す日々が続く。そして、日曜日などの休日はダム湖での乗艇練習も稀にはあったが、休養日になることの方が多かった。

年が明けて休養日になったある日曜日に街へ買い物に出掛けた佐藤は、昨年の夏休み前に集団喧嘩に至ったリーダー格の男とばったり出会ってしまったのだった。

「おい佐藤じゃないか。半年ぶりかな」

「ああ、お前か」

喧嘩相手だった男から声を掛けられた佐藤は以前ならおどおどしていたが、相手の眼をしっかり見詰めて対応した。

「夏の喧嘩の後はお前らも謹慎食らったようだが、俺たちもこっぴどく絞られたんだぞ」

「お互い様だったな」

夏の喧嘩の後に改心していた佐藤はもう喧嘩はすまいと心に決めていたが、売られた喧嘩から逃げることはしたくなかったので堂々としていた。

「おい佐藤よ、あの時は決着していなかったよな。今から決着つけるか」

「相手になってやってもいいぞ」

と言った佐藤には既に覚悟ができていた。

ここでまた喧嘩を起こしてしまえば、ボート部にいられなくなる以上に学校にすらいられなくなるかもしれない。自分がボート部を退部になったり退学になったりするのはまだ仕方ないが、ボート部のみんなや中山監督に迷惑は掛けられないと佐藤は思っていた。昨年夏までの佐藤なら自分に関わる全てを否定し負けることは分かっていても喧嘩をしていたが、もう今の佐藤は違っていた。

夏休み前の喧嘩から半年ほど、というよりボート部に入部して半年近くが経っていた佐藤は、自分に関わるわだかまりを捨てる術は喧嘩などにはないと気付き始めていた。ボート部で毎日の練習を繰り返すだけの生活が、佐藤を変えたと言っても過言ではなかった。ボート部での繰り返しの練習は単純作業ながらも、自分を虜にする何かがあると佐藤は感じていた。

街外れで人通りの少ない空き地に移った二人はお互いが決着をつけるつもりでいたが、決着のつけ方についての思いは大きく違っていた。

「佐藤、ここまで逃げもしないでよく付いて来たな。どこからでも掛かって来い」

と言われた佐藤は、何をぬかすか、とは言わず、ただ右手で相手の男に手招きをしているだけだった。

しびれを切らした相手の男は佐藤に向かって殴ったり蹴ったりと、ありとあらゆる暴力を振るい続けた。しかし一方的な暴力を受けても佐藤は何一つ反撃せず、満身創痍ながらも耐えた。喧嘩は両成敗されるが暴力は加害者だけが一方的に悪く、暴力を一方的に受けた方に罰は科されないと思い続けた佐藤は反撃をしなかったのだ。それはボート部のみんなや中山監督に迷惑を掛けないためだけでなく、自分が退学したくないためだけでもなく、喧嘩は所詮逃げでしかないことを悟っていたからだった。

したたかな暴力を受け続けた佐藤は、とうとう立っていられなくなって地面に倒れ込んでしまった。もう限界だと思った相手の男は、暴力をやめざるを得なかった。

相手の暴力がやんだのをおぼろげに感じた佐藤は、閉じていた両眼をおもむろに開き始めた。舞台の緞帳のごとくゆっくり上がり行くも頂点に達することなく半開きのところで両瞼が止まった時、瞼の奥から現れた佐藤の瞳を見た相手の男は驚いた。こんなにまでも打ちのめしたのに、何という輝かしい眼なのだと男は驚嘆した。そして男は、待てよこの眼はどこかで見たことがある、そうだあの時の男もこんな眼をしていたと、半年前の喧嘩での古賀を思い出していた。

今回の佐藤の売られた喧嘩に対する態度と叩きのめされても輝き続けている眼を見た相手の男は、倒れ込んでいる佐藤の横にもたれ掛かるように座り込んでしまった。

「なあ佐藤よ。何でそんなに強くなれた」

「強くなんかないさ。気付いただけだよ、本当の強さに」

「お前、南海高校でボート部に入ったんだって」

「ああ去年の喧嘩の後に誘われて入ったよ」

「そうか俺の高校にもボート部があるから、俺もボート部に入ろうかな」

佐藤を見詰めながら相手の男はしみじみ言った。

相手の男は竹之内信一といい、学校こそ違ったが佐藤や古賀のボートマンとしての生き様のようなものに惚れ、この後に南海中央高校ボート部に入部して佐藤たちと切磋琢磨しながらローイング競技に打ち込んで行くのだった。


県高校総体一日目の競技は、朝からの小雨が降りやまない中で継続されていた。

三年生になった竹之内は、一年生の冬場に南海中央高校ボート部に入部して以来、努力を積み重ねて今ではキャプテンにまで成長し、クォドルプルの整調としてこの県高校総体に出場している。

そして南海高校の三年生になった古賀は、ボート部のキャプテンと主力艇の中心的役割である整調のポジションを任されていた。同じく三年生になった佐藤は、古賀と同じ艇のクルーとして一生懸命に漕いでいた。

古賀が整調で佐藤が三番に乗った南海高校クォドルプルクルーは、午前の部の最後に行われた予選を一位で通過していた。一位通過のクルーは敗者復活戦に回ることなく決勝に進めるので、今日のレースがこれで終了した古賀たちは翌日の決勝に備えた。

県高校総体二日目の決勝レースは昨日からの雨もあがって、予選をそれぞれ一位で通過した二艇と敗者復活戦をそれぞれ一位で通過した二艇の、合わせて四艇でのレースになった。この決勝レースで一位と二位のチームは六月の地区高校総体に、一位のチームは八月の全国高校総体にも出場できる。三位以下のチームは地区高校総体にも全国高校総体にも出場できないので、三位以下の三年生はこのレースで高校でのボート部活動は終了することになる。

古賀たちはこの県高校総体で優勝し、地区高校総体にも全国高校総体にも出場したかった。それはただ遠方県での大会に出場したいという理由だけではなく、少しでも長くこのクルーでボートを漕ぎたいという理由からだった。少しでも長くこのクルーで漕いで、苦しみの先にある幸せをつかみたかった。苦しみの先にある幸せを最も重視してきた中山監督の指導があったからこそ、古賀たちクルー全員も同じ思いが強くてここまで頑張ってきたからだ。

県高校総体二日目の最終レースとなった男子クォドルプル決勝は、来場者と関係者の全員が注目する中で華々しく行われた。

決勝に進出してきた四艇をスタートラインに揃えたのは、スタートライン真横の陸上から見ている線審だ。線審の指示で各艇をつかまえているボートホルダーが前後の調整を行って、艇の方向は各艇で調整していた。そしてスタートの号令は、スタートライン後方の発艇塔から発艇員が発しようとしていた。

「アテンション・ゴー」

発艇員はスタートの号令を発すると同時に、高く掲げていた発艇旗を振り下ろした。発艇員が発したスタートの号令を、千メートル先のゴールライン真横に陣取っている判定員が確認すると同時に計測が開始された。決勝進出の四艇が勢いよく漕ぎ出すと、各艇の後方につけた主審艇が追走を開始した。

いつもなら静寂な奥深い森の合間には主審艇のモーター音が響き渡り、四艇の舵手が発する声は錯綜《さくそう》する。沿道からの声援も入り交じって、まるで音楽が奏でられているかのようだった。そんな中での四艇のクルーたちが漕ぐ見事なまでの同じ動きは、まるでみんなに同じく課せられたローイングという〝舞〟が奏でられているかのようだった。

南海高校チームはスタートダッシュから他艇を押さえて首位に立ち、コンスタントピッチになっても乱れることのない力強い漕ぎで他艇を寄せつけなかった。二位との差が接近していなかったので、南海高校チームはラストスパートを九百メートル付近から掛けるという余裕を見せて見事に優勝した。

そして二位でゴールしたのは、あの竹之内が整調を務める南海中央高校チームだった。

竹之内は一年生の冬場に佐藤に影響を受け、南海中央高校ボート部に入部して以来努力を重ねてここまで成長していた。

南海高校クルーの五人全員はゴールした瞬間に、よし、と声を掛けて喜びあった。整調の古賀は左手で二本のオールをつかみ、右手で目の前に座っている舵手の加藤に握手を求めた。後ろからは三番の佐藤が、古賀の背中を叩いて喜びを分かち合おうとしている。二番の池之上秀斗も、バウの赤塚祥平も同様に喜んでいる。

陸上では折り畳み椅子でゴール付近の沿岸に陣取っていた中山監督が、何も言葉を発することなくサングラス越しに優勝の瞬間を見詰めていた。その時の中山監督の脳裏には次の地区高校総体や全国高校総体への思いもあったが、そのことよりも五人がそれぞれに抱えていた様々な背景や困難を乗り越えて、よくここまで来てくれたという思いでいっぱいだった。

県高校総体で優勝して地区高校総体と全国高校総体への出場権を獲得した南海高校クォドルプルクルーは、約一か月後の地区高校総体に照準を移して早速練習を開始した。

この梅雨時の練習は、雨対策が最大の難儀だった。雨中では原付でのダム湖までの移動も大変だし、練習自体もままならなかった。天気予報である程度の雨予報はできたが、雨だからといって乗艇練習を休んでばかりはいられない。毎日のように降り続く雨で連続して乗艇練習を休むと漕力の低下に繋がりかねないし、雨でも競漕会は行われるのでむしろ雨中での練習は欠かせない。

平日の乗艇計画は、その日の昼休みに中山監督が天気予報を見て決める。落雷の予報がある日はまず乗艇しないが、少々の雨予報なら乗艇することが多かった。休日の乗艇計画は前日のうちにおおよその予定を立てておくが、当日の朝になって最終判断するようにしていた。試合の時に降る雨なら最初から降っていようが途中から降り出そうが関係なく気合いを入れて漕げるが、練習時の雨は少々違う。練習している途中で降り出した雨は仕方がないと諦めもついて最後まで気合いを入れて漕げるが、最初から降っている雨中での練習に漕ぎ出すのはとても億劫だった。

天気予報での雨の確率が高い日は判断がつきやすいが、雨予報の確率が低い日は判断に迷うので、とりあえずダム湖へ向かう。しかしダム湖に着いてから、乗艇できないということも少なくなかった。そんなこともあって梅雨時季には、できるだけ週末などに合宿を組んで雨のやむ間を縫って乗艇時間を稼ぐこともあった。

そんな雨対策もあって、六月第二週の週末に合宿を組んでいた南海高校クォドルプルクルーは、金曜日の放課後にダム湖に集合していた。その日は小雨模様だったが、合宿入りということもあって全員が集合していた。

佐藤と古賀が原付で連れ立ってダム湖に着いた時には、加藤舵手が先に着いて準備に取り掛かっていた。後輩たちも集まり始めていたが、他校のクルーは小雨のためか少なめの集合状況だった。しかし南海中央高校のクォドルプルクルーは、南海高校とともに二週間後の地区高校総体に出場するために集まり始めていた。

「やあ竹之内、地区高校総体まであと二週間だな」

佐藤が親しげに言った。

「やあ佐藤、お前たちには八月のインターハイもあるけど、俺たちは地区高校総体が最後だからな、あと二週間は必死で頑張るよ」

両校のクォドルプルクルーは県高校総体で一位と二位だったので、九月の国体にも県選抜選手として選出される可能性が大いにあったが、学校単位でのレースは地区高校総体とインターハイが最後だった。

南海中央高校クルーは県高校総体で南海高校に負けた時から地区高校総体に向けてかなりハードな練習を積み重ね、南海高校が休みにした雨の日でもほとんど乗艇していた。南海高校クルーは、竹之内たちがそこまで練習に打ち込んでいることを知らなかった。

「お疲れ様です中山先生、よろしかったら千メートルを一本合わせていただけないでしょうか」

南海中央高校ボート部の監督が中山監督に挨拶してきた。そして今日の練習中に、千メートルレースを一緒に漕がせてもらえないかと申し出てきたのだ。

「お疲れ様です先生、こちらこそ一緒に漕がせていただきたいと思っていました。よろしくお願いします」

南海中央高校の監督は竹之内がこれまで必死に練習に取り組み、南海中央高校での最後のレースとなる地区高校総体に並々ならぬ意欲を示しているのを知っていたので、何とかしてやりたいという思いでいっぱいだった。

一年生の年末まで喧嘩に明け暮れていた南海中央高校の竹之内は、古賀や佐藤と出会って以来生活を一変させていた。喧嘩で一切反撃しない古賀やその後の佐藤の生き様に触れた竹之内は、自分もローイングの世界を経験したくてボート部に入部していた。何もかもが嫌で仕方がなかった竹之内は、佐藤がそうだったように、ただ漕ぐだけのローイングの魅力に取り憑かれていった。そして三年生の県高校総体で準優勝まで漕ぎ着けた竹之内は、地区高校総体に向けて必死に練習していた。

南海中央高校の監督は、竹之内が一年生の学年末にボート部に入部して来て以来、人が変わったようにローイングに没頭する姿を見てきたので、何とか彼の努力に報いてやりたかった。

「ところで、竹之内君は力を付けてきましたね」

中山監督が準備運動をしている竹之内を眺めて言った。

「そうですよ。竹之内は先生の学校の佐藤君や古賀君に出会ってから、ローイングに没頭するようになって、今では必死ですよ」

両校クルーは小雨のそぼ降る中を、約三十分後に千メートル漕ぎを合わせることを確認して、ほぼ同時にダム湖上へと漕ぎ出して行った。

両校クルーが蹴り出してから十五分ほど経って、中山監督が立ち上がった。

「先生、我々もそろそろ行きましょうか」

「そうしましょう。よろしくお願いします」

南海中央高校監督も立ち上がって、二人の監督はモーターボートへと歩き出した。

モーターボートの船尾に位置する運転席には中山監督が乗って運転し、船首側には南海中央高校監督が乗り、モーターボートはけたたましいモーター音を響かせつつ高い航跡を立てながら二校のクォドルプル艇を追った。

中山監督はどちらかのクォドルプル艇に追い付くまでは練習している艇がいなかったので、幾ら高波を立てても気にすることなく加速した。モーターボートの船尾の運転席に一人で乗って加速すると船首が浮き上がって効率が悪いが、船首側にもう一人乗っているとちょうどいい塩梅で船は順調に進んで行く。

全国各地の競漕場は当地のようなダム湖の他に、河川にあったり湖にあったり海にあったりと様々だが、場所によっては岸辺で釣り人が釣り糸を垂らしていたり遊覧ボートなどが浮いていたりする所がある。そんな所でモーターボートを走行させる時は、競漕艇以外に岸辺などにも航跡を与えないようにしなければならない。しかし当ダム湖では、冬場を中心に羽を休める水鳥が湖面に浮いているくらいで、航跡を気にすべきことは特になかった。

両校のクォドルプル艇は既にスタート付近で練習していたので、中山監督はその手前でエンジンを切った。そしてスタートラインの横辺りで停止するように、モーターボートを滑り込ませた。

監督艇がスタートラインの横に着いたのを確認した両校の舵手は、さりげなく艇をスタート位置に回漕させてスタートの号令を待った。

「アテンション・ゴー」

監督艇の船首に乗っている南海中央高校監督が掛けたスタートの号令で、両校のクォドルプルクルーはオールを力強く牽き寄せて一斉に漕ぎ出した。そしてスタートの号令と同時に両監督はストップウォッチのスタートボタンを押し、モーターボートはおもむろに発動して徐々に速度を増していく。

南海中央高校監督は船首の甲板に腰掛けているだけなので、片手で船の一部をつかまえて振り落とされないようにしている。そしてもう片方の手ではハンドマイクを握り、首にはストップウォッチとピッチ計をぶら下げている。中山監督は船尾の運転席に鎮座して右手でモーターのアクセルグリップを操縦し、左手でハンドマイクを構えて首にはストップウォッチとピッチ計をぶら下げている。

スタートダッシュを終えたところで二艇の差はほとんどなく、二艇ともコンスタントピッチに移った。

監督艇からは主に南海中央高校監督が、南海中央高校クルーに細かい指導助言を与えている。そして南海中央高校監督の助言が途切れた僅かな間に、中山監督が南海高校クルーに助言を短く与えているという具合だった。

五百メートルの中間点では南海高校がリードしていたが、その差は半艇身ほどしかなかった。南海中央高校の整調を漕いでいる竹之内は、舵手に対してしきりにアシケリツヨクなどを入れるように声を掛けていた。

七百メートル地点で南海高校のリードが一艇身差に広がったので、南海中央高校はラストスパートを掛けた。それでも南海高校は我慢してコンスタントピッチで漕いでいたが、差が縮まり始めたのを見た加藤舵手は七百五十メートル辺りでラストスパートを掛けた。

その後の両校の艇差は縮まったり開いたりと熱戦を繰り返しながら、結局最後は南海高校が一艇身差で逃げ切った。ゴールした両校クルーはお互いにお礼の挨拶をし、しばらく休憩を取っていた。

南海中央高校整調の竹之内は左手で二本のオールグリップをつかまえ、頭上に掲げた右手で南海高校クルーに手を振っている。

「ありがとう！」

竹之内が大きな声で南海高校クルーに声を掛けた。

竹之内からの呼び掛けに気付いた南海高校のクルー全員は、竹之内と同様に手を振り返す者や掌だけを掲げる者など様々だったが、みんなに共通していたのは竹之内に向けた笑顔だった。

両校のクルー全員はここに至って、勝った負けただけを気にしてはいない。これまでに積み重ねてきた努力の結果として勝った負けたがあることは誰も否定はしないし、それはそれとして今後の課題だとけじめをつけられる両校クルーだった。

特に竹之内は南海高校に一艇身差で負けたのは自分たちの努力が足りなかっただけで、

その足りなかった努力はこの後に取り戻せばよいと割り切っていた。それよりも今の自分にとって大切なことは、練習レースに付き合ってくれた南海高校クルーに謝意を伝えることと、南海高校のこれまでの努力を讃えることだと思って竹之内はありがとうと言ったのだった。

そんな練習レース後の両校クルーのオアーズマンシップ、いわゆる漕手としての精神を目の当たりにした南海中央高校監督は、これこそが中山監督が重視するローアウトの精神であることを痛感していた。中山監督が県ローイング協会の少年男子担当強化委員として南海高校のクルーだけでなく県下の高校クルーの誰にも、このローアウトの精神を根付かせてくれていたことに感謝していた南海中央高校監督だった。

そして南海中央高校監督が最も嬉しく感じていたのは、竹之内の成長だった。高校一年生まではあれだけの悪だった竹之内が、ローイングの魅力に出合って改心できたことが驚きだった。この年代の若者は改心し得るきっかけさえあれば立ち直れるのだと、つくづく実感していた南海中央高校の監督だった。

休憩を終えた両校クォドルプルクルーはそれぞれ違った方向へと回漕し、それぞれの練習を続けた。

監督艇を運転している中山監督は自分のクルーはそっちのけで南海中央高校艇を追走

し、南海中央高校監督のコーチングに付き合った。県ローイング協会の強化委員を務めている中山監督は、他高校の競技力向上にも努めなければならない立場だったが、そのことよりも一生懸命に頑張っている竹之内を応援してやりたかった。

竹之内は南海中央高校監督や中山先生が自分を応援してくれていることが分かっていたし、佐藤や古賀を介して自分がローイングを始めるきっかけとなった中山先生には心から感謝していた。だからこそ竹之内はお世話になった先生方へのお礼のつもりもあって、最後のローイングを精一杯頑張ろうという気持ちになっていた。

地区高校総体の二週間前に行われた南海高校ボート部の追い込み合宿は二日目も三日目も小雨に見舞われたが、厳し過ぎる練習を繰り返して日曜日にようやく終了した。更にその後の二週間でいつも通りの調整を行い、地区高校総体に備えた。

梅雨末期の大雨にも見舞われるようになった六月下旬の週末、地区高校総体のローイング競技が二日間の日程で隣県の競漕場に於いて開催された。

少年男子クォドルプル種目には、近隣八県からおおむね二校ずつの十八チームがエントリーしていた。一日目の土曜日に予選と敗者復活戦、二日目の日曜日に準決勝と決勝が実施される日程だった。予選の四組で一位と二位のチームは直接二日目の準決勝に進出し、予選で三位以下のチームはその日の午後に行われる敗者復活戦に回る。

地区高校総体一日目の午前中に行われた少年男子クォドルプル予選では南海高校と南海中央高校は別の組で漕ぎ、南海中央高校は一位で通過したが南海高校は二位での通過となった。南海高校はバウがスタート直後にシートから尻を外してしまって大きく出遅れたが、必死に挽回《ばんかい》して辛くも二位に入れたのだった。予選で辛うじて二位に入れた南海高校と一位通過の南海中央高校は、敗者復活戦に回ることなく二日目の準決勝に進んだ。

予選の全てのレースをゴール付近で見ていた中山監督は、予選は二位で通過したものの自分のチームはこの地区高校総体では結構いい順位に入れると分析していた。ローイング競技は全国各地の都道府県大会での記録だけではどのチームが強いのか分からない。なぜならそれぞれのコースが湖なのか河川なのか海なのかによって記録は違うし、その時々の風向きなどの天候によっても記録が違うからだ。

春の大会での成績も余り当てにはならない。春から夏にかけての期間で大きく伸びるチームもあれば、伸びないチームもあるからだ。冬場にしっかり体力トレーニングを積み重ねたチームは春の大会での成績はまだ振るわないが、春から夏にかけて著しく成長し夏場の追い込みも大いに影響してくる。

中山監督は冬場の体力トレーニングでも夏場の追い込みでも自信があったので、ある程度の成績は望めると思っていた。しかし相手チームの仕上がり状態が自分のチームの成績に大きく影響してくることは分かり切っていたので、この地区高校総体でも予選の全てを見て、自分のチームがどれくらいの位置にいるのかが分かるのだった。

その日の午後に行われた敗者復活戦は気にせずに軽く調整を済ませた南海高校クォドルプルクルーは、ミーティングで中山監督から指導を受けていた。

「バウ、シート外しを気にするな」

「はい」

バウの赤塚は小声で返事をしてうつむいていた。

「シートを外しても二位に入れたことを、私は評価したい」

と言う監督の言葉に救われたのか、赤塚が頭を上げた。

「予選の全レースを見たんだが、お前たちは結構いい成績に入れるぞ」

優勝も視野に入ったと思っていた中山監督は、選手たちに自信を持たせたかった。

「この地区高校総体は優勝も夢じゃないぞ。ここで優勝して、八月のインターハイでは全国制覇を目指そう」

余りに目標を高く掲げ過ぎると選手たちが委縮するという考え方もあるが、今はその逆だと中山監督は判断していた。冬場の厳し過ぎたトレーニングと春先からこれまでに極限まで追い込んだ漕ぎ込みが、クルーに過剰なプレッシャーを与えて予選でのシート外しにも繋がってしまったと、中山監督は反省していた。ここに至っては、今までの自分たちは地区大会や全国大会でも通用するだけの練習を積んで来たのだという、自信を持たせることが大切だと思って全国制覇という言葉を初めて使っての指導をした。

地区高校総体二日目は雨になった。土砂降り状態ではないが、簡単にやみそうな空模様でもなかった。

午前中の準決勝に臨んだ南海高校クルーは前日の中山監督の指導で全国制覇を夢見るようになり、すっかり落ち着き払ってレースを展開した。その結果、準決勝を見事に一位で通過し、その日の午後に行われる決勝に駒を進めた。南海中央高校チームも別組の一位で準決勝を通過し、決勝に進んでいた。

決勝は南海高校と南海中央高校と他県二校の四艇での、プログラム最後のレースになっていた。南海高校クルーは南海中央高校には県大会などで勝っていたし、他の二校も昨日からの予選や準決勝の結果から勝てない相手ではないと踏んでいた。

他艇は気にせずに自分たち本来の漕ぎをすれば優勝できると、南海高校のクルー全員は自信を持って決勝レースのスタートラインでスタートの号令を待っていた。

「アテンション・ゴー」

雨ガッパに身を包んだ発艇員がスタートの号令を発した。

雨中での決勝レースが始まってスタートダッシュから首位に抜け出した南海高校チームは、五百メートルの中間点でも首位をキープして順調なように見えた。しかし南海高校の漕手四人は焦り始めていた。二位との差が広がらないどころか、ほんの少しずつだが縮まっていたからだ。自分たちより一艇身以上遅い艇は漕手からははっきり見えるが、舵手からは振り向かなければ見えない。

整調の古賀が漕ぎの合間に加藤舵手に助言する。

「二位が来てるぞ、フー、ピッチ上げるか、フー、足蹴り入れよう、フー」

まだ中間点なのでピッチは大きく上げられないと判断した加藤舵手は、間合いを見計らって相手にも聞こえるような大きな声で号令を掛ける。

「足蹴り強くイコウ、サアイコウ」

あえて本数を告げなかった加藤舵手は、最後まででも強く漕ぐぞと相手に訴えたかった。

先頭を走る南海高校艇に近づこうとしていた二位の艇は、何とあの竹之内信一が整調を漕ぐ南海中央高校艇だった。二週間前の練習レースで南海高校に健闘はしたものの一艇身差で負けていた竹之内たちは、その後の二週間も必死に練習を重ねてこれほどまでに力を付けていた。

六百メートル付近まで足蹴りを強く漕ぐが二位との差を広げられないと判断した南海高校整調の古賀は、ロングスパートを掛けるしかないと思っていた。

「舵手、フー、駄目だ、フー、スパートいこう、フー」

二位の南海中央高校艇の船首が自分の横に見えるようになっていた加藤舵手は、五百メートル地点よりも差が縮まっているのを実感して六百五十メートル地点で新たな号令を掛けることにした。

「ラストスパート三百五十、サアイコウ」

ラストスパートは強く漕ぎ続けながらピッチを上げていく。ピッチを急に上げると四人の漕ぎが乱れるので徐々に上げていくが、そのペースは整調に任されていた。

南海高校クルーがピッチを上げ始めた頃、いよいよ南海中央高校艇が半艇身差まで詰め寄っていた。ここで慌てずに八本のオールをばっちり揃えてピッチを上げていけるかが、勝敗の鍵を握っていた。整調の古賀はクロソイド曲線が一律にその曲率を変化させていくがごとくに、同じ調子で少しずつピッチを上げていった。整調の後ろで漕いでいる三人は、整調の漕ぎにぴたり合わせて漕いでいた。

ピッチの上昇ペースを整調の古賀に任せた加藤舵手は、八本のオールが一糸乱れずに同じ動きをしているかを監視し、少しの狂いでもあれば鋭く指摘した。そして加藤舵手は漕手の牽きが弱くなっていないかも注意深く見ていた。

ピッチを少し上げると艇速が少しばかり増していくが、その艇速が速くなった分だけオールを早く牽きつける必要も生じてくる。更に艇速が速くなった分だけ、キャッチで鋭く水をつかむ必要も生じてくる。そして艇速が速くなった分だけ、フィニッシュで鋭くオールを水中から引き抜かなければならない。

特にオールをフィニッシュで水中から引き上げる動作には注意が必要になる。艇速が速くなる前と同じようなフィニッシュをしていたのでは、艇速が速くなっている分オールがスムーズに水中から抜けずに最悪の場合はブレーキになってしまう。

キャッチで鋭く水をつかむのは漕手のテクニックに委ねられるが、オールをフィニッシュで水中から素早く引き上げるのは漕手のテクニックだけでなく、フィニッシュ直前の牽きの力強さで解決できる。それはフィニッシュ時にオールブレードで水を力強く押すと、フィニッシュ後のオールは自然に水から抜けてくれるからだった。フィニッシュ時にオールブレードで水を力強く押すということは、フィニッシュ時にオールグリップを胸元まで力強く牽きつけることに他ならない。

加藤舵手はラストスパートに入ってピッチが少しずつ上がっていく時の、漕手の牽きが弱くなっていないかを見ていた。漕手のキャッチの鋭さやフィニッシュでのオールの抜け方や、何より牽き自体の鋭さを注意深く見ていたのだった。そして加藤舵手は足で強く蹴ったり体重をオールに乗せたりするようにしきりに呼び掛けるとともに、キャッチが鈍い、フィニッシュを胸まで牽きつけろ、などと怒鳴り続けていた。

南海高校クルーは焦らず、四人それぞれがラストスパートでの漕ぎ方を忠実に守って最善の漕ぎを続けた。七百メートル付近では二位の南海中央高校艇に半艇身差まで迫られていた南海高校艇は、少しずつその差を広げていった。そしてゴールでは、二位の南海中央高校艇に何とか三分の二艇身差をつけて優勝することができた。

ゴールと同時に漕ぎを終えてオールブレードの背を水面に滑らすと、八本のオールブレードの背と水面の抵抗で艇はおもむろに速度を減速してやがて停止した。決勝で相まみえた四艇の全員は、お互いにアリガトウゴザイマシタと挨拶して桟橋へ戻り始めた。しかし南海高校クルーは喜びを分かち合っていて、降りやまない雨の中ではあったが、すぐに桟橋へ戻ろうとはしなかった。そして南海中央高校艇もすぐには桟橋へ戻らず、整調の竹之内は無言のまま南海高校クルーをじっと見詰めていた。

南海高校のクルー五人は竹之内がこちらを見詰めていることに気付いていたが、けっして不快には感じなかった。なぜなら竹之内は雨の中で笑みを浮かべ、高く振り上げた右手の拳を前後に揺らしていたからだ。その拳は喧嘩の時に上げる拳とは全く違い、インターハイでも頑張れよ、という意味が込められていることは誰の目からも疑う余地がなかった。竹之内が振り上げて祝意を表している雨中の拳には、過去の喧嘩に明け暮れていた頃の奈落の底から立ち直った栄冠があった。

南海高校三番の佐藤はとりわけ嬉しくて思わずアリガトウと叫んで、佐藤自身も右手で作った拳を雨中に高く振り上げて前後に揺らした。佐藤にとって竹之内が拳を上げて前後に振っている祝意は、喧嘩の時の拳から変わったものであることが嬉しくて堪らなかった。そして佐藤が発したアリガトウは竹之内に対してだけ言ったのではなく、中山監督にも向けられていた。佐藤は自分や竹之内を改心させてくれたローイングの魅力を痛感し、ここまで導いてくれた中山監督に感謝していた。

喧嘩ばかりしていた頃の佐藤と竹之内は、握り締めた拳を相手に命中させることだけの堕落を繰り返していた。しかし今では両手の拳の中にオールグリップを握り締め、何回も何回もただ漕ぐという同じ動作を繰り返し、少しでも速く艇を前へ進めることだけに専念している。その先には他では味わえない充実感や達成感があることを中山監督は佐藤と竹之内に教えたかったし、佐藤と竹之内はその教えにしっかり応えて成長していた。そして今では掛け替えのないものをつかみ取ったかのごとくに、握り締めた拳を雨中にかざして満足そうに揺らしている二人だった。

試合後のミーティングで中山監督は地区高校総体で優勝したこともさることながら、クルー五人の眼がこれまで以上に輝いていることに喜びを感じていた。

「今日の決勝の勝因は何だ、佐藤」

中山監督がこのレースで大きく成長したと確信していた佐藤に質した。

「勝因はラスト三百での精神力だったと思います」

「ラスト三百の精神力の強さは、具体的にどう表れた？」

「はい、まず整調が自分たちに無理のないペースでピッチを上げてくれたことと、それに自分たちがしっかり合わせて力強く漕げたことだと思います」

「そうだ。そのとおりだが、どうしてそれができた？」

「はい、それはふだんの練習の成果だったと思います」

「そのとおりだ。誰よりも多く練習した者は誰よりも成長するんだ。そして得るものも大きいんだ……」

ミーティングを終えた中山監督は、佐藤が独りになった時を見計らって彼に話し掛ける。

「佐藤、ここまでよく頑張ったな」

「はい、ありがとうございます。中山先生にご指導いただいたお陰です」

「優勝したことよりも、お前たちが心身ともに成長していることが嬉しいよ」

中山監督は、成長したことが嬉しい、とは言わず、成長していることが、と進行形で言った。

インターハイを目標にしている以上ここはまだ進行形であることは否めないが、中山監督が進行形にした理由は他にもあった。それは中山自身が高校生時分から漕ぎ続けて今でもローイングに絡み合っていても、追い求めているものが何なのか、その真髄を究められずにいたからだ。

中山は高校生時分に課せられた束縛や社会人として感じ続けてきた不条理から逃避しようと常に葛藤しつつ生き抜いてきて、唯一ローイングが救世主のような存在に感じていた。だからこそボート部にのめり込んでローイングの魅力を感じ、得るものもそれなりに大きくて中山自身は変われたと思えるようになっていた。しかし世間の方は一向に変わらず、中山自身が追い求めている究極の目標はいまだに見つからないが故に、進行形で言わざるを得なかったのだった。

第三章　北極星

うっとうしい梅雨も明けて夏休みを間近に控えた七月中旬の週末、国民体育大会の地区ブロック国体が二日間の日程で行われた。この地区ブロック国体は九月に行われる国民体育大会の地区予選会で、地区内の各県から各種目の代表一チームずつが出場している。

本県代表の少年男子クォドルプルチームの監督は中山聡で、クルーには南海高校から舵手の加藤康太と整調の古賀雄貴と三番の佐藤健汰とバウの赤塚祥平の四人が選抜され、池之上秀斗は補漕として選ばれていた。二番は他校の生徒だった。

少年女子ダブルスカルの監督は二之宮明子で、クルーには鹿宿女子高校の望月香織と坂上早苗がペアを組んで本県代表として出場していた。香織と早苗は高校総体には鹿宿女子高校のクォドルプルクルーとしての出場だったが、県を代表する国体予選には望月・坂上組のダブルスカルで出場していた。

この地区ブロックからの本国体への出場枠は、少年男子クォドルプルが三県と少年女子ダブルスカルが二県だった。大会一日目は予選と敗者復活戦、二日目は決勝だけが実施される。大会前日は練習日になっていたが練習の割当時間が決められていたし同県同士ではあっても宿舎が違っていたため、南海高校のクルーは望月・坂上組に会えずにいた。しかし中山監督は少年女子ダブルスカルの練習にもできるだけ顔を出し、二之宮明子監督とともに望月・坂上組の練習状況を見ていた。

「どうですか、望月・坂上組の調子は」

「息はぴったり合っているのですが、クォドからダブルへの切り替えに苦労しています」

香織と早苗は、ひと月ほど前の地区高校総体まではクォドルプルで漕いでいたのをダブルスカルに乗り換えての出場だったので、二人の息は合わせられてもスピード感が難しかった。

クォドルプルもダブルスカルも一人分のツールは大きく変わらないが、艇のスピードが若干違う。当然クォドルプルの方が四人で漕ぐので、二人で漕ぐダブルスカルよりスピードが少しだけ速い。艇のスピードが違うということは、スタートダッシュをはじめ様々な場面での漕ぎ方が若干違ってくる。特に注意しなければならないのが一本一本漕ぐ時に水を瞬時に捉えなければならないキャッチと、艇速がつくほどにオールを素早く水中から抜かなければならないフィニッシュだ。

望月・坂上組は約一か月でこれらの感覚をつかんできてはいたが、まだ不安なところもあった。

「それは承知の上で、高校総体はクォドで、国体はダブルでと決めたのですから、最後まで頑張ってくれるでしょう。二之宮先生の判断は間違っていなかったと思いますよ」

高校総体ではクォドルプルを漕いでいる香織と早苗を国体にはダブルスカルで出場させることについて、二之宮明子監督は早い時点から構想を持っていて中山監督にも相談していた。中山監督もその方がよいと意見していたこともあって、望月・坂上組の仕上がり具合が心配で、できるだけ時間を作って練習状況を見ていた。

「仕上がり具合もよくなってきましたし、何とかなりそうです。ありがとうございます」

二之宮明子監督は望月・坂上組を見詰めながら、横にいる中山監督に言った。

練習を終えた望月・坂上組と二之宮明子監督は、中山監督と別れて自分たちの宿舎へ向かった。この大会が行われている県の競漕場は大きなダム湖にあって、広々とした湖面内には二千メートルの直線コースも取れるほどだった。しかしこのダム湖は山深い場所のために沿道も狭く、その近くに宿泊施設は少なかった。したがって各県の出場者がまとまって宿泊できる大きな旅館等がないので、それぞれのチームは小さくてもできるだけ会場に近い旅館に分散して宿泊していた。

せっかくの県外遠征に来た香織と早苗は、以前から仲良しだった南海高校生と楽しく過ごしたかった。二之宮明子監督も中山監督といろんな話をしたかったが、この大会は本国体への出場権を懸けた選考レースなのだと諦めていた三人だった。

地区ブロック国体の一日目は、午前中に予選と午後に敗者復活戦が淡々と行われた。午前中の予選は各種目で二組ずつが行われ、各組の一位と二位のチームは決勝に進み、三位以下のチームは午後の敗者復活戦に回る。二日目は各種目の決勝だけが行われ、本国体の出場枠だけの順位を決定させる日程だった。

出場している各クルーは二日間を通して自らの出場レース時刻に合わせた行動に徹していたので、同県同士でも会う機会はほとんどなかった。しかし中山監督は望月・坂上組のレースが気になって、可能な範囲で二之宮明子監督と一緒に望月・坂上組のレースも見ていた。選手たちは自らが出場するレースだけに集中していたが、監督たちはできるだけ同県全体の指導にも協力していたのだった。

この競漕場は立派なコースだったがレースを観覧できるスペースが限られていて、ゴール付近の沿岸では観覧ができなかった。中山監督は二之宮明子監督と一緒に、八百メートル付近の沿岸から少年女子ダブルスカル予選のレースを見ていた。

「望月・坂上組がやって来ましたよ」

六百メートル付近を通過しようとしている少年女子ダブルスカルの予選二組目を、双眼鏡で捉えた中山が言った。

「四艇でのレースですけど、望月・坂上組は二位以内に入れるでしょうか」

中山と同じように双眼鏡で見詰めてはいるが、心配そうな二之宮明子監督が言った。

「何とか大丈夫、いやトップ争いをしていますよ。三位には水を空けていますね」

七百メートルに達しようとしているレースを中山が解説した。

「頑張れ望月ー。頑張れ坂上ー」

広い競漕場なので声が届くか分からないが、二之宮明子監督は目の前でトップ争いをしている教え子たちに向かって恥じらいもなく大声で応援した。二之宮明子監督の大声での応援が届いたのか、望月・坂上組は辛うじて一位でゴールした。

予選を一位で通過した望月・坂上組は少年男子クォドルプルの予選に出場する県選抜クルーを応援したかったが、レースの時間帯が離れていたことや明日の決勝に備えるために二之宮明子監督とともに宿へ帰って行った。予選を一位で通過したといっても、もう一方の組での一位と二位のチームが強敵なのは目に見えていた。本国体への出場枠に入るためには明日の決勝で二位までに入らなければならないので、望月・坂上組は同県クルーではあっても他のレースを応援している余裕はなかった。

地区ブロック国体二日目は午前中に決勝だけが行われる。少年男子クォドルプルの県選抜チームは望月・坂上組と同様に、予選を一位で通過してこの決勝に臨んでいた。

少年男子クォドルプルより先に行われた少年女子ダブルスカルの決勝に向かう望月・坂上組は、南海高校生からの応援を望めないのは覚悟の上でレースに臨んだ。少年男子クォドルプルの県選抜クルーも望月・坂上組が先に出場するのは分かっていたが、大事な自分たちの決勝レースを直後に控えての応援はできなかった。中山監督もさすがに自分が監督するチームのレース直前だったので、望月・坂上組のレースが気になってはいたが応援することはできなかった。

八百メートル付近の沿岸から一人で応援していた二之宮明子監督は、声を限りに二人の名前を連呼して声援を送ったが、望月・坂上組は三位で監督の前を通過して行った。一位から三位までの三チームの差は半艇身以内で、競り合いながらの八百メートル通過だった。ゴールまで双眼鏡を食い入るように見詰めていた二之宮明子監督だったが、二百メートルも斜め後方から見ていたし三艇がほぼ同時にゴールしたので、望月・坂上組が何着でゴールしたかは分からなかった。

このような状況下でゴール順位を判断するには、漕手が漕ぎをやめた順番で順位を予想することができる。しかし漕ぎをやめるタイミングはクルーによって違いがあるので、この方法は不確かな場合が多い。一般的にはゴールラインを通過したら漕ぎをやめるが、クルーによってはゴールを通過しても何漕ぎか多めに漕ぎ足す場合もあるからだ。それよりも確かな方法は、ゴールしたクルーの表情から着順を判断するものだ。ゴールした瞬間に勝ったクルーは喜び、負けたクルーはがっかりしてしまう。

最後まで激しいデッドヒートを繰り広げた三艇のうち一クルーはがっかりしているが、望月・坂上組と他の一クルーは喜び勇んでいたので、二之宮明子監督は少なくとも二位までには入れたと確信した。結局望月・坂上組は二位でゴールしていて、本国体への出場権を獲得した。

少年男子クォドルプルの県選抜チームも地区高校総体で優勝した南海高校のメンバーが五人中四人も乗っていたので、危なげないレース運びで見事に一位でゴールし、望月・坂上組と同様に九月の本国体への出場権を獲得した。

地区ブロック国体を終えた南海高校クルーは、休む暇もなく半月ほど後に行われる全国高校総体への調整に入る。

学校対抗で行われる高校総体は、五月に県高校総体と六月に地区高校総体と八月に全国高校総体すなわちインターハイが行われる。これらの高校総体が全て終わった後の九月に、都道府県対抗で行われる国民体育大会が行われる。それだけなら特に大きな問題はないが、国民体育大会は七月に地区ブロックの出場枠を競う地区ブロック国体があるため、チーム編成が煩雑になってそれぞれのチームでの練習が難しい状況にあった。

七月の地区ブロック国体では他校の漕手一人を含めて漕いできた南海高校クルーは、僅か半月ほどで自校生だけのクルーに戻してインターハイへの調整をしなければならなかった。調整の難しさは高校総体では鹿宿女子高校のクォドルプルを漕いで、国体では県選抜チームとしてダブルスカルを漕いでいた香織と早苗にも言えた。

高校生ボートマンにとって最高の目標ともいえる全国高校総体のローイング競技が、九州西部の河川にある競漕場で開催されようとしていた。季節は灼熱の太陽が猛威を振るう八月上旬だった。

インターハイと呼ばれるこの大会には、全国の都道府県大会の種目ごとに優勝した四十七チームずつが参加する。ローイング競技の種目は、シングルスカルとダブルスカルとクォドルプルが男女でそれぞれ行われる。

南海高校のクォドルプルチームは、クルー五人と補欠二人と中山監督の計八人が大会に参加するために移動中だった。中山先生は生徒七人を引率しての全国大会参加で、南海高校からはフェリーや列車を乗り継いで一日がかりの長旅だったので、その引率は重労働と言っても過言ではないほどだった。生徒七人は中山先生から指示されたとおりに移動するが、その行動にはばらつきがあった。艇を漕いでいる時はあれほど見事に揃えられるのに、プライベートな行動に於いては個人差が大きかった。

舵手の加藤などはてきぱきと行動するが、とりわけ二番の池之上はのんびりしていた。ここ一番動かなければならないところは機敏に動くが、休めるところはしっかり休むというのが池之上のモットーだった。そのことを十分に理解していた中山先生は、あえて叱りもせずに骨を折って引率を続けていた。中山先生は引率教員として楽をしたければ生徒たちを叱りつけて統率すれば簡単だったが、こんな時くらいはのんびりさせてやろうと繊細な心配りをしていた。

二番の池之上はローイングにもその個性が如実に表れていた。ローイングはオールで水中を漕ぐ動きと空中でオールを前へ戻す動きの繰り返しで、当然ながら漕ぐ方の動きが重要視される。しかし池之上は、空中でオールを戻す動きの方が重要だと言うのだ。それは空中でオールを戻す時にしっかり休んで体勢を整えることが、漕ぐ時の最大限の力に繋がるという考え方からだった。この理論は中山監督からの直伝だったが、この教えが自分の個性に一致していた池之上は最も忠実にその漕ぎを実現し、私生活にもその行動様式が定着していた。

インターハイ会場の最寄り駅に着いた南海高校チームは、地元の高校生らによる歓迎を受けて宿泊旅館へ向かった。旅館には既に他のチームが到着していて、それほど大きくないこの旅館には南海高校と同県のチームだけが割り当てられていた。旅館は同県高校総体でそれぞれ優勝した男女三種目ずつの、選手と監督の二十五名ほどによる貸し切り状態だった。

南海高校チームが旅館に到着すると、先に到着してロビーでくつろいでいた鹿宿女子高校クォドルプル三番の香織とバウの早苗がおもむろに立ち上がって、お疲れ様です、と挨拶して来た。香織と早苗は南海高校チームが到着するのを待ち侘びていたが、偶然を装っていた。

南海高校と鹿宿女子高校は同県ではあるがかなりの距離を隔てているので、ふだんの練習などで一緒になることは滅多にない。しかし県大会などでは仲良く振る舞って、とりわけ池之上と赤塚は香織や早苗と仲良しだった。

四か月ほど前の春休みには、両校ともボート部の練習が休みだった日曜日に、池之上と赤塚が香織と早苗の所へ遊びに行ったこともあった。

早朝からバスとフェリーと電車を乗り継いで行った池之上と赤塚は、三時間余りもかけて鹿宿女子高校ボート部の乗艇練習場がある河川近くの公園に着いた。公園では香織と早苗が、手作りの弁当を入れたバスケットと飲み物を入れた水筒を携えて待ち侘びていた。

「おはよう。意外と時間、かかったよ」

池之上と赤塚が疲れ気味ながらも嬉しそうに言った。

「おはよう。大変だったわね」

香織と早苗はにこやかに出迎えた。

両高校間は自動車だと二時間ほどの距離だが、公共交通機関を使うと結構な時間がかかる。鹿宿女子高校ボート部の練習場になっているこの河川には練習試合などで何度か来ていた池之上と赤塚だったが、原付では遠過ぎたので電車などを使って来たのだった。

河川のローイング練習場では鹿宿女子高校以外のボート部が練習していて、待ち合わせたこの公園はその練習場が見渡せる小高い場所にあった。春の日差しを受けた河川敷では近くの住民が散歩を楽しんだり、のどかな清流に釣り糸を垂らしている。池之上たち四人が歓談している公園はちょうど桜が満開で、花見に訪れている人も多くいた。

「池之上君や赤塚君はいつもダム湖で練習しているから、私たちの練習場はだいぶ雰囲気が違うでしょう?」

私服だが派手ではない爽やかな装いの香織が尋ねた。

「周辺に桜がいっぱい咲いているのは一緒だけど、周りの雰囲気が違うよ。なあ赤塚」

「そうだよ、ダム湖は山の中だけど、ここは市街地だからいいよなあ」

この市街地沿いのローイング練習場は五百メートルの直線コースは取れるが、千メートルのコースは湾曲して取れない。したがって練習試合などはできるが、正式な競漕コースとしては認められていなかった。しかし市街地に近いこのコースでボートを漕ぐと見物する人が多いので、年に一度は五百メートルコースでの市民レガッタも開催されていた。

「ローイングはマイナーな競技だから、住民の人たちに親しまれているこの地域のローイング関係者は羨ましいよ。なあ赤塚、俺たちのダム湖にも人がいっぱい集まらないかな」

「山の中のダム湖じゃ無理だろう」

いつもダム湖で練習している男子二人の会話を聞いていた女子二人は、なぜかお互いに頭《かぶり》を振り合っていた。

「見物人が多く観ている中で練習するのも良し悪しよね、さっちゃん」

香織は意味ありげに、さっちゃんの愛称で呼ぶ早苗に話を振った。

「そ、そうよねえ」

幾分寂しそうな表情で早苗が言った。

早苗は高校一年生の頃、ストーカーに付きまとわれる被害に遭ってノイローゼにまで陥ったことがあった。そんな早苗は見物人から観られやすい街中の河川で、ボートを漕ぐことを余り好んでいなかった。しかしローイングに打ち込んでいくにつれ、徐々に世間の目を気にしなくなっていた。そして早苗はストーカー被害から何とか立ち直り、その頃にはもう元気になっていた。早苗がストーカー被害から立ち直れたのは、香織をはじめとするローイング仲間たちがその被害を自分事として受け止め、一所懸命に解決してくれたのが大きく影響した。

これまでの様々のことを思い出して少々呆然となってしまっていた早苗はふと我に返って、これではいけない、と自分自身に言い聞かせて話題を変えた。

「そうそう、池之上君たちがわざわざ来てくれるっていうので、モッチーがお弁当を作って来たのよ」

モッチーこと望月香織は、少々はにかみながら自前の弁当を広げた。

「あーら、さっちゃんだって飲み物やおやつを準備したじゃない。さあ、みんなで食べましょう」

「これはおいしそうだ。いただきまーす」

池之上と赤塚は嬉しそうに言って、四人は花見気分で束の間の春の休日を楽しんだのだった。

それからの四か月余りの間は、両校とも夏のインターハイを目指して練習に熱中していた。四人は県大会などですれ違うことはあっても遊びで会えることはなかったので、池之上は香織と、赤塚は早苗とメールなどで連絡を取り合うくらいだった。

鹿宿女子高校のクォドルプルクルーは全員が三年生で、高校でのローイング生活最後のシーズンを迎えていた。このクルーの漕手四人の中では、香織がずば抜けた漕力と体力を持っていて三番に起用されていた。漕手個々の漕力は乗艇時には分かりづらいが、香織のローイングは見た目にもずば抜けていることがよく分かった。もちろんエルゴメーターでの漕力測定などでも、香織は他を圧倒する記録を持っていた。そして香織に次いで高い漕力を持っていたのが、バウの早苗だった。

この二人はクォドルプルだけでなくダブルスカルでもペアを組んで国体ダブルスカルの県選抜ペアにもなっていたが、二人の強い希望で高校総体はクォドルプルでの出場を目指していた。二之宮明子監督はダブルスカルの方がよい成績を望めると思っていたが、最後の高校総体には同級生五人で臨むことを希望している彼女たちの思いを優先させた。しかし望月・坂上組には国民体育大会でダブルスカルに挑戦させようと、早い時点から構想を練っていた二之宮明子監督だった。そして五月の県高校総体で鹿宿女子高校のクォドルプルクルーは優勝し、夏のインターハイに臨んでいた。

このインターハイまでの四か月間は池之上や赤塚と会う間も惜しんで、厳しい練習を積み重ねてきた香織と早苗だった。その努力がやっと実って念願だったインターハイの出場権を獲得し、今はインターハイの旅館で池之上や赤塚と再会していたのだった。

インターハイの旅館は同県チームだけの貸し切り状態だったが、男子は二階に女子は三階に割り当てられ、食事は全員が一階の食堂で摂るようになっていた。選手も監督も全員が顔見知りなので、旅館内では和やかな雰囲気だった。特に南海高校生と鹿宿女子高校生は親しく、食堂などで談笑し合ったりしていた。この和やかな雰囲気は種目こそ違えども県勢全体で応援し合い、お互いに少しでもよい成績を収めようとするものでもあった。

インターハイ一日目に行われた予選では各組一位と二位のチームは三日目の準々決勝に直接進めるが、予選で各組三位以下のチームは二日目の敗者復活戦に回ることになっていた。予選を一位で通過した南海高校クォドルプルチームは、敗者復活戦に回ることなく準々決勝へ進めたので二日目はレースがなかった。しかし鹿宿女子高校クォドルプルチームは予選が四位だったので二日目の敗者復活戦に回り、南海高校クォドルプルチームは彼女たちを応援した。

インターハイは遠方県での開催になることが多くて遠征費がかさむので、負けたチームは原則として負けた時点で帰らなければならない。したがって鹿宿女子高校クォドルプルチームが二日目の敗者復活戦で負ければ、次の日あたりには帰らなければならなかった。

インターハイ二日目の敗者復活戦で鹿宿女子高校クォドルプルチームは池之上たちが必

死に応援する中、一所懸命頑張ったが準々決勝に進むことはできなかった。鹿宿女子高校チームはその日まで旅館に泊まって、翌日の準々決勝に出場する南海高校クルーを応援した直後に帰路に就くことになった。そしてその日の夜に、事は起きたのだった。

鹿宿女子高校の香織と早苗は食事を終えた自由時間に、南海高校クォドルプルチームの一室をこっそり訪ねていた。訪ねた部屋は池之上と赤塚と佐藤の三人が宿泊している畳部屋だった。部屋には彼らの食事中に布団が敷かれていて早苗は布団が敷いていない畳の上にしとやかに座ったが、香織は布団の上にスライディングのごとくに滑り込んでしまった。

「ちょ、ちょっと待てよ」

慌てた池之上が香織を布団から退かせて、三組の布団を半分折りにして壁際へ寄せ始めると、驚いた表情の赤塚も池之上を手伝った。

「そうだ、トランプしないか」

同じく驚いていた佐藤がやぶから棒に言うと、

「いいわねえ」

と言いながら部屋の隅に座っていた早苗が、広くなった部屋の中央に嬉しそうに寄って来た。

五人は仲良く車座になり、部屋の外に声が漏れないように小声で話しながらトランプを始めた。香織と早苗の女子二人は並んで座り、彼女たちの両隣には池之上と赤塚が座った。佐藤の両隣は池之上と赤塚の男子二人になったが、佐藤はこの二組の仲のよさを知っていたのであえて自分からこうなるように仕向けたのだった。

その頃三階では、鹿宿女子高校の二之宮明子監督がそわそわしだしていた。香織と早苗の姿を見なくなってしばらく経っていたからだった。

「望月さんと坂上さんは、どこに行ったの？」

二之宮明子監督が二人と同部屋の部員に尋ねた。

「ジュースを買いに行くと言って、下の階へ行きました」

「そう、ありがとう」

二之宮明子監督は作り笑顔を見せながら一階へ下りて行った。

にわかに心配になっていた二之宮明子監督だったが、まだこの時点では他の部員や他校生に気付かれないように自分一人で捜そうと思っていた。それほど広くない旅館内の共用部分を捜すには多くの時間は要しなかったが、一階はどこにもいない。女子に割り当てられている三階の全室も覗いたが、どこにも見当たらない。

残るは男子に割り当てられている二階だが、二之宮明子監督はまず初めに一番大勢で来ている南海高校の中山監督に相談した。

「中山先生、うちの生徒二人を先ほどから見ないのですが、見掛けなかったでしょうか？」

「いいえ、この辺りでは見ませんでしたね」

と応じた中山監督だったが、南海高校に割り当てられている二階の部屋を一緒に確認することにした。

広い方の部屋を覗くと、古賀キャプテンらの四人がくつろいでいるだけだった。他方の三人部屋へ行くとドアに鍵が掛けられていて、ノックしても応答がない。香織が部屋に入り込んだ時に鍵まで閉めていたのだった。

「おい、誰もいないのか？」

部屋の中では五人が鳴りを潜めている。

「中山監督だ、まずいぞ」

「ここはいないふりをして、監督がいなくなってから、こっそり出て行けばいいよ」

池之上と赤塚が外には漏れないような小声で言い合っている。

ドアの外で中山監督とともに中をうかがっていた二之宮明子監督が、しびれを切らして優しげな口調で語り掛ける。

「望月さん、坂上さん、いるんじゃないの？」

それまで息を潜めていた香織が、観念した様子でドアを開けて出て来た。

「すみませんでした、二之宮先生。彼らは悪くないのです。私が坂上さんを誘って、勝手に押し掛けたのです」

うな垂れて神妙に語る香織の肩に手を添えた二之宮明子監督は、部屋の中を覗き込んだ。そこには香織以外の四人が正座でこちら向きに座っていて、その真ん中にはやりかけのトランプが置いてあった。その状況をつぶさに見渡した二之宮明子監督は、五人は楽しくトランプで遊んでいただけだろうと確信した。

「あなたたちの試合は終わったけど、南海高校はまだ大事な試合を控えているのよ」

二之宮明子監督は早苗も呼び寄せて二人に言った。

中山監督は二之宮明子監督と同じ状況判断をしていたが、二之宮明子監督の配慮ある指導に恐縮した。

「佐藤、池之上、赤塚、部屋の鍵を閉めて、呼んでも出て来ないとはどういうことか」

中山監督は南海高校の三人だけに、彼らが反省しなければならない重要な点だけを指導した。

インターハイ三日目の、クォドルプル男子の準々決勝は十組で行われた。予選を一位で通過した南海高校チームは、予選で他の組を二位で通過してきたチームや敗者復活戦を通過してきたチームと対戦した。この準々決勝で二位までに入ると準決勝に進めるが、対戦相手を観察した中山監督は、二位までには入れるし順当にいけば一位通過もできると踏んでいた。

南海高校チームは予選を一位で通過していたので、同じ組で漕ぐ他のクルーからは最もマークされていた。マークされることは覚悟の上の南海高校クルーだったが、自分たちは地区高校総体での優勝チームなのだという自信もあって、堂々としたレース運びでこの準々決勝も見事に一位で通過した。もちろん鹿宿女子高校生の必死の応援を受けて、奮起したのも勝因の一つになったことは言うまでもなかった。

インターハイ四日目は午前中に準決勝が行われ、午後に決勝と八位までの順位決定戦が行われた。この準決勝で一位のチームは決勝へ進み、二位のチームは五位から八位の順位決定戦へ回る。準決勝は準々決勝で各組一位通過のチームが複数いるので強豪揃いだし、各組二位で通過のチームも侮れない。

この準決勝を一位で通過しなければ決勝に進めないので、全国制覇を目標にしてきた中山監督としては、何としてもこの準決勝を一位で通過して決勝に進みたかった。しかし南海高校と同じ組には全国高校選抜チームに二人を出している優勝候補のチームがいて、手強いことは分かっていた。

「この準決勝が最大の勝負所だ。今まで自分たちがやってきたことを信じて、最後まで諦めるな」

　中山監督は準決勝前のミーティングで檄を飛ばしてクルーを送り出した。

　南海高校チームが発艇桟橋を蹴り出してスタート位置へ向かう時には、同じ組で対戦する相手チームは見掛けなかった。相手チームがもう先にスタート位置へ向かった後なのか、まだ乗艇していないのかは分からない。

　各艇はスタート時刻を厳守しなければならないが、待機ゾーンに着くまでの時間配分は自由だ。したがって早めに乗艇して少し練習するチームもあれば、ぎりぎりの時間に乗艇するチームもあって、その選択は各艇に任されていた。しかし決められた時刻にはスタート位置にいなければならないので、待機ゾーンに入る頃には対戦相手を確認することができた。

　待機ゾーンで優勝候補チームを確認した加藤舵手は、漕手四人の体格のよさに驚いた。しかしそのことを口にすることはなく、南海高校艇をスタートラインに着けてスタートの号令を待った。

「アテンション・ゴー」

　南海高校チームが出場する準決勝の組がスタートした。

　スタートダッシュでは予想通りに優勝候補艇が一歩リードしたが、南海高校チームは二位につけている。

「大きくイコウ、サアイコウ」

加藤舵手はスタートダッシュからコンスタントピッチに切り替えた。

「合わせて、フー、力強く、フー」

珍しく二番の池之上が声を掛けると、

「ヨシ、フー」

残り三人の漕手が声を揃えて答えた。

池之上は相変わらず牽く時には最高の漕ぎと、オールを戻す時にはしっかり休んで体勢を整えるという理想的な漕ぎをしていた。そしてこのレースが最大の勝負所だという中山監督の気持ちを、最もよく理解していたのが池之上だった。池之上はここで優勝候補に勝てれば優勝が見えてくるので、何としても優勝候補を破って決勝に進みたかった。

五百メートル付近まで優勝候補艇に三分の一艇身差につけていた南海高校チームだったが、ここで徐々に離され始めた。このままでは駄目だと思った加藤舵手は、アシケリツヨクを入れたり、あらゆる手段を講じたりするが追い付けない。

「ラストスパート四百イコウ、サアイコウ」

やむを得ず加藤舵手がとった最後の手段は、六百メートル付近からのロングスパートだった。ロングスパートは掛けた直後はある程度の効き目があるが、後に失速気味になって三位以下に落ちる危険性もあった。三位以下になると八位入賞までの順位決定戦にも進めなくなるので、それを覚悟の上でのラストスパートであることは南海高校の四人の漕手たちも分かっていた。

南海高校チームは八百メートル付近では一位との差をかなり縮めたが、バテ気味になっていた。ここで再度、二番の池之上が檄を飛ばす。

「ここだ、フー、頑張るんだ、フー」

他の三人の漕手も必死で続く。

「そうだ、フー、今だ、フー、頑張るんだ、フー」

九百五十メートル付近で一位とほぼ並んだ南海高校クルーは、言葉にならないほど必死の形相でゴールへ駆け込んだ。

「ピピィ」

ゴールと同時に、判定員が放つ音が重なるように二回続けて鳴った。

ゴールの判定員は各艇の船首がゴールラインに到達した時にピィと音を鳴らすが、二艇がほぼ同時にゴールした場合はピピィと二回連続で音を鳴らし、二艇がほぼ同時にゴールしたことを知らせるのだった。

一位と二位は優勝候補艇と南海高校艇だったが、その差はほとんどなくて写真判定になった。南海高校クルーは四漕手とも力を出し尽くし、やっとの思いでオールを握り締めて疲れ切っていた。

「アリガトウゴザイマシタ」

加藤舵手が他艇クルーに挨拶した後に小声で自艇の四漕手にも挨拶するように促すと、四漕手は、

「アリガトウゴザイマシタ……」

と声を必死に絞り出して言った。

ゴール付近から着艇桟橋までは結構な距離がある。準決勝を終えた五艇がゆっくりと着艇桟橋を目指していると、その途中でレース結果を知らせる場内放送が流れた。

「ただ今のレースの……二位は南海高校……」

南海高校クルーは声も出せずにいるが、表情はなぜか成就感で満ち足りて晴れやかに水面を漂っていた。

この午前中の準決勝で力尽きてしまった南海高校チームは、午後の五位から八位決定戦では三位と振るわずに全体では七位入賞という成績に終わった。南海高校のクルー五人と中山監督は、目標にしていた全国制覇は成し得なかった。しかしやるべきことは全てやっ

てのことなので悔いはないと思って、夏の暑い盛りに行われたインターハイは終わった。

インターハイ最終日の翌日に帰路に就いた南海高校チームは、列車とフェリーを乗り継いで一日がかりの長旅を終えようとしていた。旅終盤の乗り物となったフェリーで中山先生たちは客室でくつろいでいるが、クォドルプルクルーの五人は甲板デッキの椅子に座っていた。

五人が運ばれているフェリーは燃料を注がれたエンジンで動き、乗務員は舵を切ったり着岸させたりするばかりで、船を漕いでいる者などどこにもいやしない。フェリーには大勢の乗員が乗船していたが、ある者は乗務員として船を操縦するだけで、ある者は乗客としてただ運ばれているだけで、決められた航路を決められた時刻通りに動いているだけだった。

そんなフェリーの甲板デッキからは、三年間練習を積み重ねてきたダム湖のある山が、徐々に大きく見えるようになっていた。

「帰って来たなあ。終わったんだよなあ」

ホームグラウンドともいえる山をじっと見詰めながら池之上が言った。

「まだ来月には国体もあるけど、やり切ったよなあ」

池之上と同じく自分たちの山を見詰めていた赤塚が言った。そして他の三人も同じように思ってうなずいていた。

まだ国体出場を残しているこの時期なのに、自分たちが高校三年間に情熱を燃やしてきたローイングが、あたかも完結してしまったかのような物寂しげな感情に陥っている五人だった。しかしこの哀感はインターハイで一等賞を取れなかった悲しみなどではけっしてなく、インターハイまでに燃え尽きて成長できた者だけが味わえる充実感であることを五人とも感じていた。それほどまでにインターハイは、高校スポーツマンにとっての部活動の総決算なのだった。

そんな五人はフェリーに運ばれて港に着き、何とも言えない思いを抱えたまま地元に帰って来た。その何とも言えない思いとは、自分たちはこれまでの三年間に、このフェリーとは比べ物にならないほど小さなクォドルプルを漕いできて、掛け替えのないものを獲得したはずなのに、その獲得したものが虚像だったかのごとくに思えていた。しかし三年間で獲得したものはけっして虚像などではなく、これからの五人の人生にとって掛け替えのないものだったことに後になって彼らは気付くのだった。

インターハイを終えたばかりの南海高校クォドルプルクルーは、僅か十日ばかりの夏休みに入った。お盆明けからは九月の国体出場に向けた県ローイング協会主催の強化合宿が組まれていたため、短い夏休みだった。

　九月の国体には少年男子クォドルプルの県選抜クルーとして南海高校から加藤と古賀と佐藤と赤塚の四人が選ばれ、池之上は補漕に選ばれていた。したがって南海高校クルーの全員が県選抜の強化合宿に参加することになっていたので、五人はそれぞれの短過ぎる夏休みを迎えていたのだった。

　バウの赤塚祥平は実家が遠方にあってふだんは実家から学校へ通学できないので、学校の寮に入って生活していた。長期休業中の寮は部活動などに参加する寮生以外は原則として帰省しなければならなかったので、僅か十日間の夏休みだったが祥平は帰省した。ふだんは寮の狭い部屋で生活し、部活動の艇の上でも漕ぐのに最小限のスペースの中にいてばかりの祥平だったが、これらの狭い空間に何の不満も抱いてはいなかった。むしろ広々として自由に暮らせるはずの実家の方が、祥平にとっては息苦しくて不満を抱いていた。

　寮まで迎えに来てくれた母親からは、車中で質問攻めに遭った。

「インターハイは頑張ったわね」

「うん」

「遠征は楽しかった？」

「別に」

祥平は何を聞かれても無表情で、同じような単語を発するだけだった。母親が一方的に喋るが、祥平は複数の単語を並べることなく全く会話にならない。

実家に帰り着いた時はもう日が陰っていて、ちょうど父親が入浴を終えたところだった。

祥平は父親に気付いてはいたが何も言わずにいると、

「おお祥平、お帰り」

と父親の方から先に挨拶された。

「ただいま」

ここでも祥平は無表情で、複数の単語を並べることはなかった。普通ならねぐらに帰り着いた者が先に、ただいま、と言って、それに答えて迎える者が、お帰り、と言うのだが、ここでは逆だった。

「疲れたでしょう。お風呂から入っていいわよ」

「うん」

「すぐに食事の準備もできるから」

母親は相変わらず一方的に喋るが、祥平は必要最低限の単語を返すだけだった。

父親は一人っ子の祥平を甘やかせて育てたつもりはなかったが、どうしても過保護になってしまったことを後悔していて、その反省から息子と話したいことは山ほどあったが多くを語らずにいた。そのことは祥平の母親も分かってはいたが、母親の方は多くを語らずにはいられなかった。

親子水入らずの夕食が始まっても祥平は無口で、ただ無意味に映し出されているテレビ画面を観ながら淡々と食しているだけだった。

息子の不愛想な態度を悲しんだ母親が、無意味と承知の上で口を開く。

「明日は天気もいいようだし、三人でどこかに出掛けようか」

「行かない」

「久しぶりに祥平が帰って来たんだから、外食はどう」

「行かない」

息子が自分たちと口を利きたがらない原因は自分のせいだと決めつけたり、青年期に於ける一般的な現象だろうかと諦めたりしていた父親は、不穏なまでの息子の態度に悩みながらも黙って親子水入らずの食事を摂っていた。

息子が幼少の時分には、この子が小学生になったら野球のキャッチボールをしようと楽しみに子育てに励んでいた父親だった。しかし息子がキャッチボールをできる年代になっても無理やりに数回付き合わせたくらいで、いまだに息子にボールを強く投げ込んだり息子からのボールをしっかり受け止めたりしたことがない父親は無念だったが耐えていた。親として叱責も交えて指導するべきか、無念ながらも耐え続けるべきかを何年も迷ってきた父親は、祥平を叱りもしないでじっと耐えてきた。父親が耐えることを選択してきたのは父親自身の少年期に於ける反省と、息子に対する僅かな期待があったからだった。

祥平の父親は自分が成人になるまでの若かりし日々を回想するにつけ、今の祥平と同じような態度で振る舞っていたことを思い出していた。そして自分自身もオヤジ、すなわち祥平の祖父に対して無礼な振る舞いをしていたことを、今となっては反省していた。しかしその一方ではオヤジのことを尊敬もしていたのだと、数十年経った今になってようやく感じるようになっていた。そのオヤジへの尊敬の念は歳を増すごとに大きくなり、オヤジが他界した今では後悔すらしていた祥平の父親だった。親に対して口を利こうともしてくれない息子の祥平は、今はまだ全面的に親を拒否しているようにも見えるが、心の片隅では自分も少しは認められていることを願っていた。その願いを叶えるためには数十年前の自分のオヤジがそうだったように、親としての真っ当な生き様を貫き通すことが大切なのだろうと思っていた。それゆえに今は無念ながらも、耐えることを選択しているのだった。

祥平の短過ぎる実家での夏休みは、ただ寝て起きて食べての繰り返しだった。ローイングと同じように単調な繰り返しだったが、その充実度は桁違いだった。外からの束縛や支配などを受けない実家での生活だったが、祥平には寮生活の方がよかったし、ローイングの方がもっとよかった。寮生活もローイングも自由放任という訳ではなかったし自由奔放さなど通じる所でもなく、特に寮生活には様々の厄介事もあったが祥平は実家にいるよりはましだと思っていた。

実家では家族に囲まれていた祥平だったが、心は孤独だった。寮生活やローイングの時は、家族も傍にいなくて独りぼっちのはずなのに心は孤独ではなかった。特にローイングの時は自分に任された部署だけを黙々と漕ぐだけで、孤立しているように見えるが孤立無援ではなかった。傍には信じ合えるクルーがいたし、何といっても漕ぐだけの繰り返しの先には希望があった。

祥平は短いながらも退屈過ぎた実家での夏休みを終え、ダム湖での県選抜合宿に参加した。

残暑とは名ばかりの灼熱の太陽がまだ猛威を振るう八月第三週、ダム湖漕艇場で県選抜少年男女チームの合同合宿が三泊四日の日程で始まった。少年男子クォドルプルチームは南海高校生主体のクルーで、少年女子は鹿宿女子高校の望月香織と坂上早苗がダブルスカルのクルーとして参加していた。

合宿前に池之上は香織と赤塚は早苗とそれぞれ連絡を取り合って合宿を楽しみにしていたが、昼間の練習中は素知らぬ顔で淡々と練習を重ねている二組だった。この二組の仲のよさは周囲の者全員が知るところとなっていたが、誰も特別視はしていない。なぜなら選抜クルーの男女全員が仲良しで、この二組だけが目立った存在ではなかったからだ。そのことは男子監督の中山も女子監督の二之宮明子も承知していたし、両監督とも両校の生徒たちはよき友人関係だと確信していたのだった。

赤塚は早苗がかつてストーカー被害に遭っていたことを知っていたし、その早苗の悩みも聞いてやっていた。早苗も赤塚が家庭で行き詰まっている孤独感や、寮生活での厄介事を聞いてあげていた。二人はお互いに好意を抱いているのは分かっていたが、それを口には出さなかった。それは口に出せない恥じらいではなく、口に出さなくても済む爽やかな関係でいられるからだったし、その根拠はローイングにあることを二人とも十分に理解していた。

合宿も明日の最終日を残すのみとなった夜の自由時間に、池之上と香織と赤塚と早苗の四人は合宿場庭のテラスにいた。テラスからは眼下にダム湖が望めたし、天空には満天の星が輝いていていた。

「もうすぐ夏休みも終わっちゃうな」

星空を見上げて赤塚がつぶやいた。

「八月も後半になったしな、もうすぐ学校が始まっちゃうんだよな」

赤塚のつぶやきを聞き逃さなかった池之上が同調して言った。

「あら、赤塚君と池之上君は学校が始まるのが嫌なの？　モッチーなんか学校が始まるのを楽しみにしているのよ。ねー」

早苗が香織に話を振ると、

「えー？　学校の全てが好きっていうことはないけど、家にいるよりはマシよ」

香織は手っ取り早く答えた。

気の置けない相手といる時は楽しそうに明るく振る舞っていた香織は、気が詰まるような家庭では心がすさんでいた。真っ当なしつけのつもりなのかもしれないが、子の感情を全く気にしない両親の傲慢さに、香織は閉口しきっていたのだった。

「そうだよ。望月さんの言うとおりだよ。僕なんかふだんは寮にいて実家にはたまにしか帰らないけど、少しでも実家にはいたくないもんな」

「ねえねえ、赤塚君が暮らしている寮って、どんな感じなの？」

香織が興味ありげに尋ねた。

「部屋は狭いけど一人部屋だから、部屋にいる時は気楽でいいんだ。けどね……」

「気楽でいいんだけど、何か問題があるの？」

「寮生同士の付き合いもいいんだけどさ、寮監がね」

赤塚は星空に視線を戻してしみじみと言った。

南海高校の寮は遠隔地出身生徒のための寄宿舎で、今年は全学年を合わせても二十名ほどしか在寮していなかった。各部屋は二人部屋の造りだが、現在は寮生が少ないので一人で一部屋を使用している。各部屋には勉強机、ベッド、ロッカー、エアコンなどが備え付けてあって、エアコンの電気代は個別メーターで各自が負担する。共用部分には食堂、浴室、トイレ、洗面所、娯楽室などがあるが、これらに要する光熱費の各自負担はない。

寮には企業などを退職した再就職者で、いずれも六十代の第一、第二、第三寮監の三人が勤務していた。寮監の業務は寮生の生活指導や寮の巡視などだが、これらの業務を巡っての一人の寮監の醜い大人の一面を赤塚はすごく嫌っていた。

赤塚は同じ寮生とは仲がよかったが、食事などの必要最低限の時以外はほとんど自室にこもっていた。そんな赤塚の部屋の扉は、閉ざされていることが多かった。二階にある自室にいる時の赤塚は、夏の暑い日はエアコンもつけずに窓を開け、冬の寒い日でもエアコンをつけずに厚着をし、窓から見渡せる街並みや空ばかりを眺めていた。娯楽室や食堂に行けば仲のいい友人と無料のエアコンに当たりながら楽しい時間を過ごせるのに、赤塚は一人の寮監と関わりたくなかったのだった。

　第一寮監は企業を六十歳で退職後にこの職に就き、今年でもう六年目になっていた。知り合いからは、血気盛んな高校生を相手の仕事で大変ですね、などと言われていたが、寮生たちと寝食を共にして寮生たちが成長する姿を見ていると、この職業に遣り甲斐すら感じて寮監を続けていた。

　第二寮監は外資系企業を退職後にこの職に就いて八年目だった。寮生たちを自分の孫のように可愛がる余り、寮生への生活指導はほとんどせずに甘やかしっぱなしだった。例えば朝食前の清掃時間に第二寮監が当直の日は、ほとんどの寮生が清掃をしていない。寮生の起床から登校までの寮監にとって最も重要な時間帯には、仕事をせずに隠れてたばこを吸っている有様だった。

　第三寮監は公務員を退職後にこの職に就いて五年目だった。生活指導にはとても厳しくて、清掃などは徹底して指導していた。寮生たちが卒業して立派な社会人になれるようにと、心を鬼にして業務に励んでいたのだった。

　当然ながらほとんどの寮生は第二寮監を慕い、第三寮監を嫌っていた。しかし赤塚は第三寮監の真意を理解し、第二寮監のことは醜く感じていたのだ。更に赤塚は第一寮監や第三寮監が寮監としての業務を真面目にこなしているのに、第二寮監は学校に分からないように上手く立ち振る舞っていることに憤慨していたのだった。

寮監の業務遂行状況などというものは管理職にとって評価し難いところが多く、この南海高校寮に於いても管理職からの寮監三者への評価はほとんど差異がないほどだった。しかし赤塚は第二寮監の横着ぶりを見逃さなかったし、それは大人の醜さとして許し難く、こんな横着な大人が罰せられずにまかり通る世の中すら嫌っていたのだった。

「寮監が一人、横着なのがいるんだよ。さぼってばかりいるのに、誰からも責められていないんだ。あんな大人にはなりたくないよ」

大人への階段を彷徨っている赤塚の気持ちを、ストーカー被害に遭って大人不信になったことのある早苗は身に染みて理解できていた。

「そうよ、大人になんかなりたくないわ」

早苗は相づちを打った。

池之上も香織も同調していたその頃、中山監督が四人に近寄って来た。

「四人で星空観察か」

「先生も、一緒にどうですか？」

池之上がためらいもなく中山監督を誘った。

香織と早苗はインターハイの旅館での騒動を思い出し、また四人だけでいることを怒られるのではないかと神妙にしていたが、中山監督は嬉しそうに四人の輪の中に入って来た。

「今夜は、星がよく見えるなあ」

地学教師の中山監督は星空に魅せられるかのごとく、昼間とは別人のような表情だ。そして中山監督の後ろには南海高校の加藤と古賀と佐藤の三人もついて来ていて、南海高校クォドルプルクルーの全員が輪に加わった。そしてしばらくすると、女子監督の明子も加わって来た。

「あーら、みなさんで星空観賞会ですか？」

「そうです二之宮先生、今夜の星空は最高に綺麗ですよ」

と中山監督は笑顔で言ったが、話を元に戻そうと赤塚の方へ振り返った。

「ところで赤塚、先ほどは何だか深刻な表情で語っていたけど、どんな話題だったんだ？」

中山監督が教育相談の時のような絶妙な聞き方で質問すると、横から池之上が申し訳なさそうに口を挟む。

「大人の中山先生には、言いづらい話ですよ」

しかし当事者の赤塚は池之上を制した。

「ちょっと待てよ池之上、中山先生や二之宮先生なら、分かってくださると思うんだよ。実はですね……」

赤塚は事の次第を語り始めて、第二寮監の大人としての醜さを訴えた。

もちろん赤塚は第二寮監の悪態を吐きたい訳ではなく、こんな大人の理不尽さを中山監督ならどのように解いてもらえるだろうと思って尋ねたのだった。

中山監督は、赤塚のそんな気持ちがよく分かったし、ここは小手先の応答だけでは済まないと瞬時に判断した。なぜなら中山監督自身が高校生の時分に赤塚と同じような大人への不満を持って苦しんでいたからこそ、これは悪態ではなく成人になろうとする者の彷徨いであることが分かっていたからだった。

中山監督は、これはじっくり語ってやらねばと思案しながら、北の夜空を見上げて突拍子もないことを言い始めた。

「みんな、北極星は知っているよな。ほら、あれだよ」

中山監督が地球の基軸の原点たる北極星を指差すと、生徒たちは北斗七星から辿る者、カシオペア座から辿る者、その見つけ方を教わる者と様々だったが、何とか北極星を確認できていた。

「江戸時代の終わり頃、日本で最初に精密な日本地図を作った伊能忠敬は、あの北極星を観測し続けて、自分の夢を叶えたんだよ」

中山監督は、まず以て伊能忠敬の業績を手短に語り始めた。

「忠敬は今の君たちと同じくらいの年齢で商家の婿養子になって、五十歳で退職するまでに店を繁盛させたが、どうしても自分で地球の大きさを実測したいという夢を持っていたんだ」

中山監督は、伊能忠敬が「十七歳で」商家の婿養子になったことを、「君たちと同じくらいの年齢で」という言葉に置き換えて語った。

「地球を実測するには、高度な学問と測量技術を習得しなければならないと考えた忠敬は、商売を五十歳までにやり遂げて隠居した後に、夢を実現しようと決めたんだよ」

中山監督は、伊能忠敬が五十歳を過ぎてからでも、高度な学問と測量技術を習得することから計画したことを強調したかった。

「五十歳で隠居して、約五年間もの年月をかけて、天文学と測量技術を完璧に習得した忠敬は、五十半ばから七十過ぎまで全国の測量の旅を続けたんだよ」

中山監督は、伊能忠敬が五十歳から二十年以上もの間、自分の夢を追い続けた執念を伝えたかった。

「忠敬の偉業は精密な日本地図を作ったことだが、本当の目的は地球の大きさを求めることで、北緯一度の長さを自分で測りたかったんだ」

中山監督は、伊能忠敬が地球の大きさを求めるという本来の目的を達成するために、日本地図作りという策を講じたことを伝えたかった。

「忠敬は昼間に地図作りの測量をしながら夜は北極星を観測して、北緯一度分の距離を求めたんだよ」

中山監督は、伊能忠敬が昼夜を分かたず、二つの偉業を立派に遂行したことを伝えたかった。

「忠敬が作った北日本の地図を江戸幕府に献上すると、余りに素晴らしい出来映えに驚いた幕府の役人から、その後も全国各地の地図作りをするよう命じられた忠敬は、七十過ぎまで地図作りを続けたんだよ」

地学教師でもある中山監督は、北極星を見上げたり話を聞いている生徒たちの様子をうかがったりしながら、伊能忠敬の業績の要点だけを手短かに語った。

南海高校ボート部の男子五人と鹿宿女子高校ボート部の女子二人の生徒たちは、北極星と中山監督を交互に見詰めながら話を聴いていた。しかしほとんどの生徒たちは、伊能忠敬の業績が話題の発端となった大人の醜さと何の関係があるのかまだ分からずにいた。

そして明子は北極星の方は見ることなく、言葉巧みに素晴らしい話をしている中山先輩だけをずっと見詰めていた。十五年ほど前は中山のことを、ただ不思議そうに見詰めるだけの明子だった。しかし四年前に再会してからは彼の素晴らしい人間性に触れ、そして今宵は中山先輩の魅力的な人間性に感じ入り、じっと見詰めていたのだった。

「伊能忠敬が今の君たちと同じくらいの年齢から五十歳になるまで、自分の夢を温め続けたことに注目してほしいんだよ」

ここに至って中山監督は、ようやく話の趣旨を説明した。

「忠敬は若い頃からずっと地球の大きさを自分で求めたいという夢を持っていたが、自分に課せられた任務を成し遂げてから夢の実現に取り組んだんだ」

ほとんどの生徒はまだ中山監督の教えの結末を予測できずにいたが、自分の発言が話題の発端だった赤塚は伊能忠敬の生き様が自分の悩みを解決してくれる糸口になりそうな気がしていた。そして更に続く中山監督の話に、一人、二人と理解を深めていくのだった。

「君たちは自分が本当にやりたいことを、三十年以上も我慢できるか？」

家庭や教室に自分の居場所を見つけられずにボート部に救いを求めていた加藤は、ボート部に救いを求めて逃げ込む前に、家庭や教室のことをもっと理解するための努力をすべきではなかったかと思いながら聴いていた。

「忠敬は自分に課せられた家業を、どんな思いで成し遂げたと思うか？」

正義感が人一倍旺盛《おうせい》な古賀は、自分が尊敬する父親や中山監督からのいわゆる指示待ち人間になっていなかったかと、反省しながら聴いていた。

「三十年以上忠敬に課せられた家業には、自分の思いを押し殺してでも周りに合わせなければならない不条理なこともあったと思うんだが、君たちはそんな不条理に何十年も耐えられるか?」

今でこそ改心しているが、ボート部に入部するまでは粋がってばかりで強くもない喧嘩にのめり込んでいた佐藤は、やり切れない感情から逃避しないで済む方策は幾らでもあるのではないかと考えながら聴いていた。

「忠敬は十七歳で婿養子に就く時に、どんな苦難にも逃げずに、与えられた課題をやり通すと決心したんだと思うんだよ」

動くべきところは機敏に動くが休める時はしっかり休むという池之上は、いつの時でも全力を尽くさずにいることがあった自分の行動を、反省しながら聴いていた。

「ここにいるみんなは今年度中に十八歳、すなわち成人になる高校三年生だ。今感じている大人社会への不満は闇雲にかなぐり捨てることなく今後の自分の人生に受け入れて、むしろ生かしていかなければならないんだよ」

ストーカー被害に遭ったことのある早苗と、その被害を自分事として受け止めて解決してきた香織は、世の中の悪なら罰することで解決できるが、大人社会の不条理は自分の受け止め方次第だと思いながら聴いていた。

「人は一様に何事も諦めるなと言うが、大人社会には物事のそうであるべき筋道が通っていないこともあって、それはそれとして諦めなければならないこともあるんだよ」

中山監督の眼をじっと見詰めながら話を食い入るように聴いていた赤塚は、その視線を北極星の方角へおもむろに移して納得した様子でうなずいていた。

第四章　妥協の産物

爽やかな秋の気配が漂い始めた九月中旬、中部地区のローイング競漕場で国民体育大会のローイング競技が開催された。

国体と呼ばれるこの大会は、全国の地区ブロック国体を勝ち抜いたチームが出場するのでハイレベルなレースとなる。ボート競技は主に高校生年齢の少年男女と、その年齢を超える成年男女で実施されるが、少年男女の種目はインターハイと同じだ。インターハイは高等学校の対抗戦だが国体は都道府県の対抗戦なので、国体に於ける選抜チームは各都道府県内の漕手を組み合わせて編成できる。したがって各種目のチーム名は高校名を使わず、都道府県選抜チームとすることが多い。

少年男子クォドルプルの県選抜クルーには南海高校から舵手の加藤康太と整調の古賀雄貴と三番の佐藤健汰とバウの赤塚祥平の四人と、二番には南海中央高校二番の選手が選出され、南海高校二番の池之上秀斗は補漕に回っていた。すなわち県選抜の男子クォドルプルチームは、七月の地区ブロック国体で優勝した時と同じメンバーでこの本国体に臨んでいて監督は中山聡が務めていた。

国体に臨む県選抜チームのクルー編成については、およそ三つの方法がある。その一つは例えば今年の南海高校のように、地区高校総体で優勝してインターハイにも七位入賞するようなチームがいる時は、その高校の単独チームで国体に臨むという方法だ。二つ目は例えば今年の南海高校と南海中央高校のように、地区高校総体で優勝と準優勝するようなチームが複数校いる時は、その複数校で地区高校総体の順位に比例して選手を選抜するという方法だ。そして三つ目はエルゴメーターの記録等によって選手を選抜するという方法だ。

この三つの選抜方法のどれを採用するかは県ローイング協会に決定権があるが、実は今年の少年男子クォドルプルクルーの選出では県ローイング協会内で意見が分かれていた。地区高校総体での優勝監督の中山は、南海高校単独で国体に臨ませてほしいと主張した。しかし地区高校総体で二位になった南海中央高校からも少なくとも一人は選出すべきだという意見が多く、南海高校の単独チーム編成は実現しなかった。

そして最終的には南海高校の四人の漕手で最もエルゴメーター記録が劣っていた池之上が補漕に回って、南海中央高校で最もエルゴメーター記録が優れていた選手が県選抜クルーの二番に選ばれたのだった。そのチーム編成の決定過程に於いては、残念ながら選手たちの意向は反映されなかった。ちなみに南海中央高校の竹之内信一は、エルゴメーターの記録が余り優れずに県選抜選手には選ばれなかった。

また鹿宿女子高校の望月香織と坂上早苗は少年女子ダブルスカルの地区ブロック国体で二位の成績を収めてこの本国体に臨み、監督は二之宮明子が務めていた。この望月・坂上組については、鹿宿女子高校内でインターハイはクォドルプルで国体はダブルスカルでと決めてのチーム編成だったので、県ローイング協会もその編成方針を尊重したのだった。

このようにして地区ブロック国体を通過した種目の県選抜選手全員は、同じ旅館に宿泊することになっていた。

鹿宿女子高校の少年女子ダブルスカルチームは、香織と早苗と二之宮明子監督の三人だけで参加していて移動がスムーズだったこともあって、練習日前日の割と早い時間帯には旅館に到着していた。部屋の整理や明日の準備も終えた香織と早苗は、玄関近くのソファーに座ってくつろいでいる。少年男子クォドルプルチームもその日のうちに到着することが分かっていた二人は、先のインターハイの時と同じように、池之上や赤塚らが到着するのを待ち侘びていたのは明白だった。ただ以前と違っていたのは、そこに二之宮明子監督も同席していたことだった。

三人の話題は今回のレースのことから、国体が終わった後の二人の進路のことにまで及んだが、話が尽きることはなかった。しかし男子チームはなかなか到着せず、三人で長らく話している途中で、勘の鋭い香織はあることを思い始めていた。私と早苗は池之上君や赤塚君たちと早く会いたいためにここで待っているんだけど、二之宮先生も同じ気持ちなのだろうかと。

「ところで二之宮先生、男子のクォドチームは到着が遅いですね」

香織は思い切って聞いてみた。

「そ、そうねえ。もうそろそろ着くんじゃない」

先生のおぼつかない返答をどのように判断すべきか、香織が思いあぐねていた時に、男子のクォドルプルチームが玄関から入って来た。

香織と早苗の二人は少し時間を置いて、やっと気付いたふりをして南海高校の選手たちに嬉しそうに挨拶したが、池之上や赤塚たちは表情を緩めることなく普通に挨拶を返しただけだった。しかし中山監督と二之宮明子監督は、にこやかな表情で挨拶し合っていた。これまでの四年間に同県高校ボート部の監督同士という立場でお互いを見詰め合ってきた中山先輩と明子は、高校時代に見詰め見詰められただけで別れた真相が少しずつ理解できつつあった。だからこそ最近の二人はどこかで会うと、にこやかな表情で挨拶を交わすようになっていたのだ。

その翌日は、各種目とも練習日になっていて、少年男子クォドルプルクルーはもちろん、望月・坂上組も熱心に練習に励んだ。

国体ローイング競技の一日目は、予選だけが行われる日程になっていた。国体に於けるローイング競技の出場チーム数は、種目によって違いはあるが全国各地区ブロックからの選抜出場なので、全都道府県からエントリーされるインターハイよりも少ない。したがって国体に於いては、予選の時からハイレベルなレースになることが多かった。

予選に臨もうとしている香織と早苗は、何としても二位までの順位に入りたかった。この予選で三位以下になってしまうと二日目の敗者復活戦に回らなければならず、二位までに入ると三日目の準決勝に直接進めるので二日目のレースはなくなる。敗者復活戦に回ってしまうと、先に行われた予選を一位で通過して既に準決勝進出を決めている男子クォドルプルの選手たちと一緒に二日目を楽しく過ごせなくなるというのが、その時点での二人の単純な理由だった。

ローイング競技のスカル種目は、シングルスカルもダブルスカルもクォドルプルも艇の一人分の造りや漕ぎ方はほぼ同じだが、当然ながら艇の長さは乗組員数によって違いがある。クォドルプルだけは舵手も同乗するが、シングルスカルとダブルスカルには舵手がいない。したがってシングルスカルとダブルスカルは、進行方向とは逆向きに座っている漕手だけで進行方向を定めなければならない。

スカル漕手は、漕ぎながら百八十度後ろを振り向いて進行方向を見ることが不可能に近い。したがって、舵手のいないスカル漕手が真っ直ぐ進むための目標板は、ゴール側とは反対側のスタート側にある。スタート位置よりかなり後方に、二つの板の距離を空けて設置されている。漕手はこの二か所の目標板の間に艇が位置するように漕ぐと、レーンの中央を直進できるようになっている。

スカル漕手がレーンの中央を直進するためには、追走している主審艇からの警告が参考になることもある。レース中のスカル漕手に対しては、追走している主審艇から原則として進路または操舵に関する指示は与えられない。しかし艇が自己のレーンを外れて他艇を妨害する危険がある場合などには、主審艇から白旗で警告が与えられて回避すべき方向が示される。この警告はあくまでレース中の安全確保のために主審が行うが、舵手なしのシングルスカルとダブルスカルの漕手にとっては、この警告が自艇を直進させるための目安にもなる。

女子ダブルスカルの望月・坂上組は、インターハイまでのクォドルプルから国体ではダブルスカルに乗り換えて出場していた。舵手が方向を定めてくれていたクォドルプルと違って自分たちで方向を定めるダブルスカルへの乗り換えは大変なこともあったが、望月・坂上組は何とか順応していたのだった。

ダブルスカルの船尾側の整調には香織が、船首側のバウには早苗が乗って、二人は発艇員からのスタート前コールを待っていた。

「ファイブミニッツ」

発艇定刻五分前からの発艇員による分読みが始まった。

各艇クルーは発艇定刻二分前までに、所定のスタート位置に着かなければならない。

「フォーミニッツ」

各艇クルーは艇をスタート位置に寄せ、ボートホルダーに船尾をつかまえてもらう。

「スリーミニッツ」

各艇クルーは方向だけを自分たちで微調整しながら発艇の合図を待っていた。

「ツーミニッツ」

全クルーは発艇員の監督下に入った。

コース沿いの岸では、少人数ながら同県選手が声援を送ってくれている。南海高校の選手たちは千メートルの中でいくつかの地点に分散して応援していて、スタート付近の沿岸では加藤と古賀が彼女たちに声援を送っていた。

「モッチー、加藤君たちが応援してくれてるよ」

「そうよ、私も加藤君たちには気付いていたんだけど、池之上君と赤塚君が見当たらないのよ」

整調の香織は寂しげに言ってスタートの合図を待った。

「アテンション・ゴー」

発艇員から掛けられたスタートの号令で、望月・坂上組は四本のオールを力強く牽き寄せて漕ぎ出した。

スタートダッシュを終える頃には、三位につけていた。

中間点の五百メートル付近の沿岸では佐藤たちが応援してくれているが、望月・坂上組はどうしても二位に上がることができずに六百メートルに差し掛かろうとしていた。

「モッチー、フー、ピッチ上げよう、フー、ロングスパートよ、フー」

バウの早苗が矢継ぎ早に言った。

「まだよ、フー、今はまだ、フー、力強く、フー、漕ぐだけよ、フー」

整調の香織は間髪を容れずに答えた。

苦しい戦いを強いられている香織には、強く信じてやまない思いがあった。南海高校の池之上が、どこかで応援してくれていると信じ切っていたのだ。

望月・坂上組が三位のまま、七百メートルに差し掛かろうとした頃だった。

「モッチー、フー、赤塚君と、フー、池之上君よ、フー」

バウの早苗が苦しいながらも嬉しそうに言うと、整調の香織はそれまで首をギブスで固定したかのように船尾方向だけを真っ直ぐ見ていたが、ちらりと沿岸を覗き込んだ。そこには池之上と赤塚が、必死の声援を送っている姿があった。

香織は気が詰まるような実家での生活から救ってくれるのは、気の置けない友人だと思って早苗と親しんできた。そして新たに出会った池之上も、自分と同様の悩める壁に立ち向かっていることに共感を覚えて勇気付けられていたのだった。

「さっちゃん、フー、ピッチ上げるよ、フー、足蹴り、フー、強いままよ、フー」

整調の香織はここが勝負所と言わんばかりに早苗に声を掛け、おもむろにピッチを上げていった。

七百メートル付近でロングスパートを掛けた時には一艇身ほどあった二位との差が、八百メートル付近では半艇身差に縮んでいた。しかし二人は苦しくて、せめて足蹴りだけでも通常の蹴りに戻そうかと香織が迷っていた頃だった。

沿道を一生懸命走りながら必死に声援を送り続けている赤塚と池之上の姿を、早苗が再発見したのだ。七百から八百メートルの沿道には樹木などの障害物が多く、赤塚と池之上が走って応援している姿をコース上からは見失っていたのだった。

「モッチー、フー、赤塚君たちが、フー、まだ走り続けて、フー、応援してるわ、フー」

バウの早苗が必死の形相で言った。

整調の香織は再度、ちらりと沿岸を覗き込んだ。そこには池之上たちが一生懸命走りながら、必死に叫んでいる姿を瞬時ながら見て取れた。香織は池之上たちが、レースを頑張れ、とだけ言っているのではなく、悩める壁を打ち破るために頑張れ、とも言ってくれているような気がして、込み上げてくる涙を抑えきれずに漕ぎ続けていた。

「さっちゃん、フー、このまま、フー、ゴールまで、フー、強くいくよ、フー」

整調の香織は泣きながら早苗に声を掛けた。

バウの早苗は、自分に背を向けて漕いでいる香織が泣きながら漕ぎ続けていることを顔は見えなくても分かっていた。その涙は勝負とは関係なしに、悩みとの闘いを友人に応援してもらえる嬉し涙であることも十分に理解していた。そして早苗も香織と同様に、泣きながら漕ぎ続けていたのだった。

沿道を走り続けた赤塚と池之上は、結局ゴール付近まで走って声援を送り続けた。

望月・坂上組は、赤塚と池之上の声援を遠くに聞きながら、ピッチを落とすことなく強い足蹴りのまましっかりと漕いだ。そして競っている相手の艇など見ることもせずに真っ直ぐ船尾方向だけを見詰め、流れる涙を拭うこともできずに二位でゴールしたのだった。

一方、二之宮明子監督はゴール付近で赤塚たちとは別の角度から、中山と一緒にこのレースを見届けていた。二之宮明子監督はレース前に望月・坂上組を桟橋で送り出した後、ゴールが見渡せるこの位置に移動して一人でレースを眺めようとしていた。するとしばらくして中山が、私もここで一緒に見させてもらってもいいですか、と言って来たのだった。

明子は、中山先輩と二人きりでいる数十分の間中ずっと緊張していた。その緊張は望月・坂上組のレースによるものだけでなく、中山先輩と二人だけでじっくり話し合えるとの思いからでもあった。もしかすると十五年前の中山先輩との見詰め見詰められるだけで別れた真相を、少しは語り合えるかもしれないとも思っていた。

「二之宮先生、高校時代に私のことを見詰めてくれていましたよね？」

中山は同席していきなり言った。

明子は心の内を見抜かれたように、思っていたことの核心を突かれて驚いた。

「ええ見詰めていました。だけど中山先輩も知っていたのですよね、私が見詰め続けていただけだったということを」

「そう、知ってはいたんだけど、あの頃の私には余裕がなかったんだよ」

「なぜ、余裕がなかったのですか？」

「それは少年時代の悩みから抜け出そうと葛藤していたからだよ」

中学生の時分から常に孤独感に苛まれていた当時の中山少年は、孤独が故に単調なボート部の練習に打ち込んだが、孤独感からは脱しきれずに葛藤していたのだった。

「そうでしょうね。そんな感じじゃないかと思って見詰めていました」

「二之宮先生の方こそ、なぜ二年間も私のことを見詰め続けるだけだったの」

「それは私が、中山先輩と同じ思いでいたからですよ。私だって少女時代の悩みから抜け出そうと葛藤する中で、地味な体力づくりだけを単調に繰り返してばかりいる中山先輩が不思議で見詰め続けていたのですよ」

「そうか、それで二之宮先生は悩みから抜け出せたの」

「いいえ、高校生の時分には悩みから抜け出せませんでした。そして中山先輩とも言葉を交わすことなくお別れしたのですよね」

「それで、今はどうなの。悩みから抜け出せているの」

「ええ、やっと四年ほど前から、自分自身の孤独からの出口が少しずつ見えかけてきたような気がしています」

　高校生の時分に中山先輩を見詰め続けるだけでいた明子は、中山先輩がローイングに打ち込んでいる姿が何かに取り憑かれているようでならなかった。そんな先輩の姿を不思議に感じて二年間も見詰め続けていただけで、その頃は中山先輩に好意を抱いていたとか憧れていた訳ではなかった。しかし今の中山先輩には尊敬し、憧れて好意を抱いている。特にこの四年間に同県ボート部の監督として中山先輩の人となりを垣間見るにつけ、その想いは増すばかりだった。そして明子は少女時代から抱いてきた孤独感からも、抜け出せつつあることを感じていたのだった。

それなのに中山先輩の前では、……孤独からの出口が少しずつ見えかけてきたような気がしています、とまでしか言えない明子だった。

そうこう話をしているうちに、ダブルスカル予選の望月・坂上組が二位争いをしながらゴールに近づいて来た。

「七百メートル付近で三位ですね」

中山が双眼鏡で眺めながら言うと、

「二位とはどれくらいの差でしょうか？」

と明子が中山に尋ねた。

ローイング競技に於ける途中順位は真横から見るとはっきり分かるが、斜め遠方から見ると分かりづらい。明子も双眼鏡で見てはいるが、その正確な順位が分からなかった。

「一艇身差くらいじゃないかな。もうスパートに入ったみたいですよ。ラスト三百か、ゴールまで持つかなあ」

「あの子たちはレース以外のことにも打ち勝とうと必死なのですよ」

と言った明子は、香織の家での悩み事や早苗のストーカー被害のことを思い出していた。

そんなことを思い出しているうちに目頭が潤んでしまった明子は、眼を双眼鏡から外して一瞬周りを見渡した。するとコースに沿った道路を一生懸命走りながら、望月・坂上組に声援を送っている人影を目にした。

「あの沿道を走り続けて応援して来るのは、南海高校の生徒じゃないでしょうか？」

明子が中山に尋ねると、

「そうですよ。うちの赤塚と池之上ですよ」

中山は双眼鏡を移して答えた。

しかし中山はすぐに双眼鏡をレース中のダブルスカル艇に戻し、明子もレースに注目し直していた。

「相当気合いが入っていますよ。二位に並びかけましたよ。残り百だ、頑張れ」

中山は独り言のように言った。

残り五十メートルになっても香織のピッチは落ちないし、二人の牽きも鋭いままだった。何といっても二人の漕ぎがぴったり合っていて、もう相手のことなど気にすることなく真っ直ぐ船尾の先だけを向いて自分たちの漕ぎに徹している。

「二位でゴールしましたよ。よかったね二之宮先生」

中山が嬉しそうに言ってくれたが、明子は込み上げてきそうな涙を堪えているために返事ができずにいた。

レースを終えた望月・坂上組は疲れ切ってはいたが、対戦相手にアリガトウゴザイマシタと素早く挨拶をして桟橋への帰路に就いた。というより帰路の途中のゴール沿岸付近にいる赤塚や池之上や、別の位置で見ている監督たちの傍へ早く行きたかった。

望月・坂上組はゴール沿岸付近まで行くと艇を止めて片方の手で二本のオールをつかみ、もう片方の手で汗拭きタオルを使って顔面を拭いたり、赤塚や池之上や監督たちに向かってタオルを一生懸命に振ったりしている。

二人の様子を見ていた二之宮明子監督は、香織と早苗が拭っているのは汗だけではなくてその大半が涙であることにすぐに気が付いた。そして二之宮明子監督自身も、溢れ出る涙をもう堪えることなくただ拭うだけだった。

そんな明子を横で見ていた中山は、部員たちに打ち解けて指導している彼女が生徒たちから慕われている様子に感じ入り、愛おしくも想えていたのだった。

国体三日目の準決勝に臨んだ少年男子クォドルプルの県選抜チームは、何とかこのレースを一位で通過して決勝に進みたかった。しかし準決勝ではインターハイでの準決勝で敗れた優勝候補のチームとまたしても同じ組になっていたので、南海高校生のクルーは何としてもインターハイでの雪辱を果たしたかった。

バウの赤塚は準決勝のスタートラインへ向かう途中で、インターハイの準決勝でのことを思い出していた。ふだんは冷静沈着だった二番の池之上が、インターハイ準決勝のレースではかなり興奮して意気が昂っていた。その池之上に刺激された自分たちも、そのレースの重要性を再認識してクルー全員で必死に頑張った。結果として一位通過はできなかったものの二位でゴールし、全体では七位に入賞することができたインターハイだった。

しかし国体準決勝に向かっているこの艇に池之上は乗艇していない。この何か物足りないという赤塚の思いは、舵手の加藤も整調の古賀も三番の佐藤も同様に抱いていた。

南海高校生のクルー四人は、県の国体選抜で池之上が選ばれずに南海中央高校二番の選手が選ばれたことについては仕方がないと思っていた。南海中央高校二番の選手はエルゴメーターの記録が優秀なだけあって、牽きは強いしバランスもよくて漕ぎのテクニックも優秀なのは南海高校の四人ともが実感していた。しかしローイングは漕ぎ方やパワーだけでなく、クルー五人の信頼関係が最も重要なのだと四人ともが痛感していた。

　そして南海中央高校二番の選手自身も、南海高校の四人はよくしてくれるし何の不満もなかったが、自分がこのメンバーに入ってよかったのだろうかと迷いつつ漕いでいたのだった。

　県選抜クルーの選考過程について、選ばれた方の五人は様々の思いを巡らしながら準決勝のスタートライン上に漂ってスタートの号令を待っていた。

「アテンション・ゴー」

　発艇員から掛けられたスタートの号令で、県選抜クルーは八本のオールを力強く牽き寄せて漕ぎ出した。スタートダッシュを終える頃には二位争いをし、一歩抜け出した優勝候補艇を追っていた。

　中間点の五百メートル付近の沿岸では、先行して行われた準決勝を終えたばかりの少年女子ダブルスカルの望月・坂上組が、二之宮明子監督とともに応援してくれている。望月・坂上組は準決勝を四位で終えたばかりで意気消沈してはいたが、気力を振り絞って男子の県選抜クォドルプルクルーを応援していた。しかし県選抜クルーは優勝候補艇にリードを広げられ、二位争いをしていた艇にも後れを取り始めていた。

　六百メートルを通過した辺りでも形勢は変わらず、舵手の加藤は迷っていた。同じような状況だったインターハイではこの辺りでラストスパートを掛けたのだが、今はメンバーが違う。成功すれば一位になれる可能性もあるが、三位以下になる可能性も少なくなかった。加藤はあと百メートルを、アシケリツヨクなどで我慢することにした。

「ラストスパート三百イコウ、サアイコウ」

七百メートル付近で、加藤舵手はラストスパートの号令を掛けた。

バウの赤塚は、またインターハイ準決勝でのことを思い出していた。どうしても一位で通過したかった池之上が、競漕中は余り大声を出したことがなかったのに、ここだ、フー、頑張るんだ、フー、と大声を掛け、それにつられた自分たちも奮起したことを思い出していた。

赤塚は池之上の代わりだと言わんばかりに、

「ここだ、フー、頑張るんだ、フー」

と大声で檄を飛ばした。

ゴール付近の沿岸では、中山監督と補漕の池之上がレースを見詰めていた。

「池之上、今回は補漕に回って辛かったな」

中山監督は池之上をねぎらって言った。

池之上は地区ブロック国体の時から補漕に回されたことに何一つ不満を漏らさず、補漕として漕手を支える仕事をひたむきにやってくれていた。下級生が上級生に対して尽くす時のように、様々なことをしてくれていたことを中山監督は気付いていたのだった。

「辛くなんかないですよ。今のメンバーの方が速いのですから、僕は当然補漕で協力しますよ」

池之上の謙虚さに中山監督は返す言葉を失っていた。

「先生、見えてきましたね。七百メートルを過ぎたところでしょうか。県選抜チームは一位か二位に入れるでしょうか」

「そうだなあ、今のところ一位には水を空けられて、二位にも少し離されているようだな。三位は確保しているようだけどな」

「もうラストスパートに入っていますよね。二位に上がれないでしょうか」

「そうだなあ、いい感じで上がってはいるが、二位のチームも勢いが衰えないな。厳しいなあ」

中山監督が見立てたとおり、県選抜チームは三位のままでゴールした。

少年男子クォドルプルの県選抜チームは少年女子ダブルスカルの望月・坂上組とともに、最終日の決勝及び順位決定戦には進めずに国体を終了した。南海高校と鹿宿女子高校のメンバー七人は高校三年生だったので、国体の終了は高校に於けるローイング生活の終了を意味していた。国体の成績は準決勝止まりで入賞はできなかったが、七人全員は充実感と成就感を胸に高校でのローイング活動を終えていた。

十八歳という成人になりたての年に、これまでの少年時代から抱えてきたわだかまりと闘うために、七人はローイングという拠り所に頼ってきた。そして七人は仲間や監督にも助けられながら、自分の心の内にある社会への不満などへの壁を打ち破って今に至っている。社会への不満などというものは、成人になったからといって、けっして消え去るものではないことくらい分かっていた。しかしローイングで培った精神力を以てすれば堂々とそれに立ち向かい、あるいはそれを受け止めて生き抜いていけることを七人全員がそれぞれに確信していたのだった。

中山監督と二之宮明子監督は手塩に掛けた教え子たちが、もう大丈夫だと言えるところまで成長したことを実感していた。二人の監督は共に、この学年の教え子たちも目標に到達させることができたと思っていた。その目標とは全国大会で一等賞を取るだけのケチなものだけではけっしてなく、それは掛け替えのない崇高な成就感だった。何を成し遂げたのか、何が出来上がったのかは一言では言い表せない。しかしその成就を目指す発端となったものは、教え子たちの胸の内に少年時代から存在していたわだかまりだったことははっきりしていた。

国体に於ける県勢は成年を含めた全チームが四日目の決勝及び順位決定戦に進めなかったので、四日目は応援の必要すらなくなった。しかし帰りの交通手段の関係で、決勝日の翌日に帰ることになった。四日目は県ローイング協会の配慮で旅館での休養か近隣地区への観光を選択できる時間が設けられ、少年男女の全選手と監督たちの十人は観光バスで市内観光に出掛けることにした。

観光バスの座席は十人分必要だったが前日の急な予約だったために、まとまった席をとれなかった。二人掛けの四シートの八人分は後方の二列をまとめて確保できたが、一シートの二人分だけは前方にしか空いていなかった。

香織と早苗は素早くバスに乗り込んで後方の同じシートに陣取り、赤塚と池之上を自分たちの横のシートに誘って、残りの男子四人を自分たちの前の二つのシートに座るように促した。最後にバスに乗り込んだ中山監督と二之宮明子監督には、前方のシートしか空いていなかった。二人の監督は成り行きに任せるしかなくなり、後方の生徒たちに一応声だけ掛けて前方のシートに二人並んで座った。

バスが出発すると香織は席を立ち、隣にいた赤塚に席を替わるように持ちかけた。結局香織は池之上と、早苗は赤塚と座って観光そっちのけの四人は雑談を始めた。

「ねえねえ、うちの二之宮先生と中山先生って、お似合いのカップルだと思わない」

香織が前方に座っている二人の先生に視線を送りながら言うと、

「そうかなあ、今は仕方なく二人で座っているだけだよ」

と池之上が冷静に応じた。

「そういえば、私たちのダブルスカル予選をゴール付近の沿岸で、二人並んで見ていたのよ。何か親しげだったわ」

早苗が思い出して言うと、

「それくらいあり得るだろう。同県の監督同士だぜ」

と赤塚も冷静に応じた。

そんなうわさをされていた二人の監督は、生徒たちが後ろに座っていることを意識してお互いが顔を向け合わないように前だけを向き、二人だけで聞き取れるような話をしていた。二人が話している内容はローイングに関することはそこそこに、ほとんど私生活に関する話題だった。お互いの眼を見詰め見詰められることもなく、ただしゃべり合っているだけだったので二人とも感情が伝わらないようだったが、現実には理解し合ってお互いに好感を増していたのだった。

こうして南海高校クォドルプルのクルー五人は、最後の公式戦となった国体を終えた。

ローイングを離れた五人は普通の高校三年生に戻った。

南海高校は専門系学科と普通系学科を有していたこともあって、五人の進路は多岐にわたっていた。加藤と古賀と佐藤の三人は工業科、池之上と赤塚の二人は普通科でそれぞれの就職活動や大学受験勉強にいそしんだ。

工業科の佐藤と加藤は少し遅れ気味の就職活動を頑張り、佐藤は地元の会社に、加藤は関東地区の機械製造会社に内定した。しかし同じ工業科の古賀は思うところあって、就職を選択しなかった。古賀は大学に進学して、挑戦してみたいことがあったからだ。それは大学で高校工業科の教員免許を取得し、やがては母校で教員をしながらボート部の指導者になるという中山監督と同じ道に挑戦したかったのだ。そして古賀は隣県にある私立工業大学に推薦入試で合格した。

普通科の赤塚と池之上は国体が終了して早々に本格的な大学受験対策に入り、年明けから年度末にかけて大学受験に挑戦した。その結果、池之上は年度末までに希望大学への入学が決まったが、赤塚は第一希望の大学を不合格になった。

そして赤塚祥平は田舎の実家に帰っていた。

「祥平、第一希望の大学は合格できずに、残念だったな。これからどうする？」

祥平の父親が意気消沈している祥平に言った。

「担任の先生とも相談して、できるなら予備校に通えないかと思っているんだけど」

祥平はどうしても第一希望の大学に進学したくて、予備校の資料を親に見せながら相談した。

「いいじゃないか、資金面は何とかするから心配するな。なあ、お母さん」

「そうよ、祥平がその予備校でしっかり頑張って、来年に備えたいと言うんだったら応援するわ」

数日後に祥平と父親は、入校手続きをするために予備校に来ていた。祥平が持参した入校書類を予備校担当者へ提出している時に、横から大まかにその書類に目を通していた父親は、ある記入内容に驚いて目を丸くした。それは尊敬する人物を記入する欄に、父親、と祥平が書いていたからだった。祥平の父親はその文字を目にした時嬉しくもあり驚きでもあったが、何より不思議でならなかった。

親から何を聞かれても無表情で、複数の単語を並べることなく全く会話にならなかった我が子の祥平が、自分のことを尊敬しているなんて彼の真意だろうか。手っ取り早く書いただけではないだろうかと、思案していた父親だった。親が望んでいるのは分かっていながらキャッチボールで本気を出して投げ込むことがなかった我が子の、本意なのだろうか。

単純に年齢を重ねただけでの成長の証しなのか、あるいは高校三年間の特別な体験で成長した証しなのか。

父親はここ数年間での思い当たる限りの理由を考えていたが、最も有力な理由に辿り着くのにそう時間は要しなかった。それは、ローイングでの精神面の成長としか考えられなかった。父親は我が子の祥平が尊敬する人を記した、父親、というたった二文字を見て南海高校ボート部に感謝していた。そして生きていてよかったなあ、とまで感じていたのだった。

こうして祥平は、父親が掛け替えのない喜びに浸っていることには気付かないまま、予備校生活を始めようとしていた。

そして年度末になって、南海高校のクォドルプルクルーだった五人全員は進路も何とか決定して卒業式も終えていた。四月からは社会人として就職したり予備校や大学へ進学したりで離れ離れになる五人は、三月中に最後の食事会をしようということになった。中山先生に相談したら大いに賛成してくれて、三月下旬の土曜日の昼時にダム湖の艇庫の庭でバーベキューをすることになった。

ダム湖周辺の奥深い森の合間には山桜が咲き誇り、ダム湖沿道にはソメイヨシノが咲き並んで満開になろうとしていた。そしてダム湖の水面では後輩たちが、冬場の練習から夏場の本格的な練習へ切り替えようとする季節だった。

バーベキューの道具や食材などの準備は、全て中山先生が引き受けてくれていた。せめて現地での準備だけは自分たちでしようと午前十一時に現地集合と決めていた教え子たちは、揃ってダム湖艇庫の庭に到着した。しかし庭ではもう中山先生がバーベキューの道具を設置し終え、炭に火を点けようとするところだった。

「みんな早かったなあ。早速だけど二人は火おこしを手伝ってくれるか。あとの三人は艇庫内の炊事場から食材を運んでくれるか」

到着したばかりの教え子たちに中山先生が頼んだ。

「分かりました。僕と古賀が火おこしを手伝って、あとの三人は食材運び、でいいかな」

舵手だった加藤が段取りよく分担した。

段取りをした加藤は古賀とともに中山先生の両隣に座って、火おこしのためのうちわで炭をあおぎ始めた。

佐藤と池之上と赤塚の三人は艇庫内の炊事場に食材を取りに行ったが、炊事場では一人の女性が食材の下準備をしていた。三人が入って来たのに気付いたその女性が彼らに振り向くと、何とその女性は鹿宿女子高校ボート部監督の二之宮明子先生だった。

「二之宮先生こんにちは。今日はどうされたのですか？」

驚いた佐藤が二之宮明子先生に近づきながら尋ねた。

「こんにちは。今日は南海高校ボート部の卒業パーティーだと聞いたので、お手伝いに来たのよ」

「えー、遠くからありがとうございます」

「早速で悪いけど、準備ができたものから運んでくれる？　飲み物や食器もお願いね」

二之宮明子先生に言われた三人は嬉しそうに手伝った。

炊事場から最初の食材を運び出した三人は、火おこしを手伝っていた加藤と古賀に二之宮明子先生のことを伝えてから、中山先生に尋ねる。

「中山先生、わざわざ二之宮先生にも声を掛けて呼ばれたのですか」

「ああ、実は僕たち婚約したんだよ。そのことを卒業する君たちには伝えておきたくて呼んだんだよ」

「そうだったのですか。先生、おめでとうございます」

教え子たちが一様に祝意を表した時、炊事場から二之宮明子先生が顔を出した。

「食材をどんどん運んでね」

あっという間に準備が整って、二之宮明子先生を含めた七人はバーベキューセットを囲んで席に着いた。

「今日はみんな遠慮なく食ってくれ。その前に乾杯しよう」

中山先生が乾杯用のジュースが行き渡っているかを確認して、

「みんなの卒業に、カンパー」

と言いかけながらグラスを頭上にかざそうとしたところで、古賀がその乾杯の声を遮った。

「ちょっと待ってください。僕たちの卒業とともに、先生たちの婚約にもカンパーイ」

古賀が言い直すと、先生たち二人は卒業おめでとうと言い、教え子たちは婚約おめでとうございますと言いながら乾杯した。

昨年九月の国体までに意気投合した中山と明子は国体後に頻繁にデートを重ねるようになり、つい先月、中山がプロポーズして二人は結婚を決めていたのだった。

とんでもないサプライズで盛り上がった食事会も焼き肉を食し終え、明子が切り分けたデザートの果物を食べ始めた頃だった。

「中山先生、一つ質問してよろしいでしょうか？」

加藤が唐突に言った。

「ああいいよ」

「人間って、何のために生きるのでしょうか？」

家庭や教室に自分の居場所を見つけられずにボート部に入部した加藤は、この高校三年間のローイング活動を通してやっとの思いで家庭などではどうあるべきかを見いだしていた。しかし加藤はローイングと離れなければならないこれからの生き方に不安を抱いて、中山先生に最後の質問をしたのだった。

「難しい質問だなあ」

中山先生は少しばかり考え込んでしまった。

「そうだなあ。人間が生きているうちには、生きていてよかったなあ、と思える時があるだろう。そんな時のために生きているんだろう」

中山先生は、……と思える時があるんだよ、とは断言せずに、……と思える時があるだろう、と語り掛けた。これまで加藤が生きてきた十八年間に於いて、嫌気が差していた家庭や教室だけのことを対象にすれば、……と思える時があるんだよ、と言ってあげるべきだろう。しかし中山先生が、……と思える時があるだろう、と言ったのには、中山先生なりの理由があったからだ。それは加藤がこの三年間に体験したローイングを、生きていてよかったなあ、と思える最大の出来事だと思うに違いないという中山先生の確固たる自信があったからだった。

「長い人生の中で生きていてよかったなあなんて思えることは、そう何度もあることじゃないだろう。しかし人はそう思える時が少ないからこそ、それを得た時の感慨を増すんだと思うよ」

質問した加藤はこれまでの少年時代にそんな思いなどしたことはなかったが、確かにローイングと出合えたことだけは生きていてよかったと思えることだと納得していた。

「これからの君たちの人生に於いても、生きていてよかったなあと思えることはそう幾度もないだろう。しかしこれからの君たちの人生で、生きていてよかったなあと思える時の一つは結婚する時だと私は思うよ」

中山先生は教え子たちを見回しながら、改まった口調で語っている。教え子たちはボートを漕いでいた時のように、背筋をぴんと伸ばした姿勢になって聴いている。

「私はこの秋にここにいる二之宮明子さんと結婚するが、結婚は妥協の産物だと言われているよ」

婚約者の前で結婚は妥協の産物だと言い切った中山先生の発言に、教え子たちは驚きの声を上げた。しかし二之宮明子先生は笑って聴いているだけだった。驚きの声を上げた教え子たちの中には、笑っているだけの二之宮明子先生を見て不思議そうにしている者もいた。

「そんなに驚くな。私は結婚は妥協の産物、と言ったのだ。結婚なんて……、とは言っていない」

確かに中山先生は「結婚」を「なんて」という語によって軽んじたり、「妥協の産物」があたかも堕落の結末であるかの表現にしたりしてはいなかった。「結婚」を「は」という語で主題に提示することによって、「妥協の産物」が未来を切り拓くための原点であるかの表現にしていたのだった。

古賀は漠然とだが中山先生の言わんとしていることを理解できたようで、他の四人の教え子たちもぼんやりと分かりかけているようではあった。

「人生なんて理不尽なことや不満なことだらけだけど、それはそれとして承知の上で生き抜かなければならない時もあるんだよ」

中山先生は、ここでは「人生」を「なんて」という語で軽んじた。

「今度は、人生なんて……と先生は言われましたか?」

古賀が「結婚は」と、「人生なんて」の違いを質した。

「そうだよ、だって人生なんて所詮独りぼっちだろう」

「そうでしょうか、僕たちにはローイング仲間がいましたし、これからも信頼に足る人はできると思います」

赤塚が口を挟んだ。赤塚は寮での大人の醜さなどを体験はしたが、今では中山先生やローイング仲間に救われたと思っていた。

「人は仲間や信頼に足る人と出会えたとしても、究極はまだ独りぼっちのままだろう。それが独りぼっちでなくなる術は、結婚だと私は思うんだよ」

赤塚は中山先生が言わんとしていることを、何となく理解できたような気がしていた。

「結婚相手には自分の長所も短所も全て理解してもらって、お互いの長所は共有して短所は補い合うんだよ。それを以て、独りぼっちの時に抱いていた理不尽さや不満も補えるんだろう」

「理不尽さや不満は、独りぼっちでなくなることで打開しようというのですね？」

池之上がゆっくりした口調で、内容を確認するように言った。

「そうだよ池之上。それじゃ聞くが、人間の究極の幸せって何だ？」

池之上が返事に困り果てていたので中山先生は続けた。

「人は所詮孤独には勝てないよ。人がねぐらに帰り着いた時に、ただいま、と言えば、お帰り、と言って迎えてくれる。このことこそが究極の幸せだと私は思うよ」

長所ばかりではない当然短所も持ち合わせている結婚相手と、そのことを十分に理解し合った上で結婚することは妥協以外の何物でもない。しかしその相手の短所を二人で克服し合ってこそ、本当の幸せに出逢うことを、中山は後輩たちに教えたかったのだった。

これらのことは明子とも十分に話し合ってきたからこそ、中山は彼女の前で堂々と論じられた。明子も同感だったからこそ、婚約に辿り着けたのだった。そして婚約者の前で、結婚は妥協の産物だなどと言い切った中山の発言に、明子が笑っていただけだったのも彼女が納得済みだったからに他ならなかった。

中山先生からの高校生活最後の教えを聞いていた古賀雄貴は、尊敬する父親のことを思っていた。

俺が幼少の頃からこれまでずっと再婚もせずに、俺のことを男手一つで育ててくれた親父だった。そんな親父には、ただいま、と言ってねぐらに帰っても、お帰り、と言って迎えてくれる妻はいなかったのだ。しかし親父は、十年以上も妻のいないねぐらに帰っていた。それは俺を育てるためだけの信念からか、はたまた妻との忘却し得ない想い出を大切にしようとするためだったのか。

雄貴はしばらく思案した末に、ふと思い付いたことがあった。そういえば、親父と二人で暮らしていて親父が家に帰り着いた時、親父はいつも俺に向かって、ただいま、と言っていた。それに対して俺はいつでも、お帰り、と言って迎えていたんだ。そして俺が遅く帰った時に、ただいま、と言うと、親父が、お帰り、と言って迎えてくれていたんだ。そうだ、そうだったんだ。親父はそんな些細なやり取りに幸せを感じていたんだ。

俺は親父にとってただの仲間や信頼に足る人とは違って、紛れもなく結婚によってできた一親等親族なのだ。親父は俺を亡き妻の忘れ形見として孤独に打ち勝って来たのかもしれないと、古賀雄貴は納得していたのだった。

バーベキューセットの後片付けをみんなで終え、火気の最終確認や艇庫の最終戸締まりも入念に終えた中山は、婚約者の明子を送るために教え子たちより先に帰路に就いた。

後に残った教え子たちは、原付で帰る者や免許取りたての自動車で帰る者と様々だったが、一様に名残惜しくてすぐには帰らずにいた。五人の教え子たちはそれぞれの思い出を辿って、スタート付近の沿岸や艇庫やダム本体や紫陽花ロードやゴール付近の沿岸を巡っていたのだった。

このスタートラインから何回艇を漕ぎ出したものかと、回想していたのは整調の古賀だった。練習でのスタート時は漕ぐ前から心身共に疲れ果てていて、ゴールまで辿り着けるだろうかと不安な時が多かった。三年次のインターハイ出場を懸けた県高校総体決勝レースのスタート時は、これで負ければ高校ボート部活動が終了するという恐怖感があった。いつのスタート時でも不安や恐怖感はあったが、安心感らしきものはかけらもなかった。

この艇庫で何泊合宿したものかと、回想していたのは舵手の加藤だった。艇庫二階の大広間に畳はなく、板張りの床に直接座って食事をしたり、薄い布団を敷いただけで就寝したりで、目覚めた時は足腰が痛かった。入浴施設はシャワーだけで湯船はなかったので、原付で麓の温泉に行ったりしていた。

このダム湖でどれだけの喜怒哀楽を感じたことかと、回想していたのは二番の池之上だった。自転車で片道一時間以上かけて通う頃にはようやくダムが見えた時の安堵感があったが、原付で通うようになった頃にはダムが見えたことは気にもかけずに厳しい練習に対する不安感があった。同級生のクルー五人でダムを背景に笑って写真を写したこともあったが、練習が終わった夕暮れ時にダムからの放流水をじっと見詰めて独りで悩んだこともあった。

この紫陽花ロードをどれだけ走ったり五人の絆を深めたりしたことかと、回想していたのはバウの赤塚だった。試合前に五人の息を揃えたランニングで一体感を強めたり、冬場の体力づくりでダム湖一周約十キロメートルのランニングをしたことも何度となくあった。春の桜並木の下で弁当を広げて五人ではしゃいだこともあったし、梅雨の晴れ間に咲き誇る紫陽花の花を愛でながらローイングの疲れを癒やしたこともあった。

このゴールラインで何回の一喜一憂を体験したことかと、回想していたのは三番の佐藤だった。レースに勝った時の喜びは次のレースに繫がる嬉しさもさることながら、これまで積み重ねてきた努力が実った喜びが大きかった。レースに負けた時は次のレースへの出場が断たれるなどの悲しみはあったが、それまでの努力不足を嘆いたりすることは少なくてやりきった感の方が大きかった。いずれにしてもゴールした瞬間に、同乗クルーと喜び合ったり悔しがったりした思い出は掛け替えのない体験だった。

五人はそれぞれの場所で、少年時代から抱えていた苦悩や大人社会への不満などについて、自分はどうあるべきかに気付かされたことに深く感謝し、これから進むべき道をしっかり歩んで行こうと決心していた。

そしてその翌日、中山監督はダム湖のスタート付近に停止させたモーターボート上にいた。スタートラインにはクォドルプル艇に同乗した五人の後輩たちが、奥深い森の合間で揺られながら身じろぎもせずにスタートの号令を待っている。

辺りはダム湖本来の静寂を取り戻し、湖面の突き当たりでは春の日差しを浴びた梢が囁き合っている。

「アテンション・ゴー」

中山監督が掛けたスタートの号令で、後輩クルーはそれぞれのオールを力強く牽き寄せて湖面を滑り出して行った。

あとがき

我が国では長く二十歳だった成年年齢が十八歳に引き下げられて、三回目の成人の日を迎えようとしている。ほとんどの高校三年生は誕生日になると、一人で有効な契約をすることができ、父母の親権に服さなくなる。

先に規定された選挙権年齢の引き下げと共に携帯電話を購入し、一人暮らしのためのアパートを借り、クレジットカードを作成し、ローンを組んで自動車を購入するといったことが十八歳からできるようになった。しかしお酒を飲んだり、たばこを吸ったりできる年齢等については、二十歳からとされる。

選挙権は酒やたばこと同じ二十歳から、という時代が懐かしくて半世紀ほど昔を顧みると、高校三年生の時分は酒やたばこや選挙には目もくれず、ただ漕艇に熱中していた。今のローイングと呼ばれる前の、ボートとか漕艇と呼ばれていた時代だ。その当時のメイン種目はナックルフォアで、とにかく艇が重かったことを鮮明に記憶している。

漕手四人で艇庫と桟橋間を運ぶ難儀さは、今のクォドルプル艇の段ではなかった。運ぶ時は肩に乗せているだけなのでまだいいが、うつ伏せ状態からあお向け状態に、またその逆に返す時が計り知れないパワーを要した。あんなに重い艇で千メートルもの長距離を漕いでいたのかと思うと、想像を絶する闘いだったと今更ながらに思う。

あの高校三年生時分には、選挙に行くなどと考えたこともなく、ただひたすら重いナックルフォアを漕ぐだけで、明らかに現在の高校三年生とは違っていた。しかしあの頃の大人社会に対する不満や悩みは、現在のそれと変わりはなかったように思う。

現在の高校三年生は、大人社会に対する不満や悩みと葛藤する途中で、選挙権を行使するなどの成人にならねばならない。高校卒業後に二年間の余裕があったあの頃とは違った状況下にある。されど高校を卒業するまでには、成人たる覚悟を決めねばならない。

あの頃のボート競技のスタート号令は「スタート用意・用意・ゴー」と、周到な準備を呼びかけた後にスタートさせていた。現在のローイング競技のスタート号令は「アテンション・ゴー」と、注目させた後にいきなりスタートさせている。ある意味、時代の趨勢《すうせい》に合った変遷のようにも思える。

いずれにしても重要視せねばならないことは、少年から成人への移行の正常化、すなわちその時々の大人社会への順応だろう。いつの世でも高校生自身は同じで、違うのは周りの環境にあるからだ。高校生が周りの環境に順応させていく術は人それぞれに違って当然だが、大切なことはその術が選択できる状況にあることだと思う。高校生にとっての部活動は、その目的を遂げるための手段としてかなり有効であることは疑う余地がない。

著者プロフィール

仙雫 美年（せんだ みとし）

1956年、鹿児島県生まれ。元教員。高校ボート部時代に漕手として全国高校総体入賞など。教員時代に監督として全国高校総体参加など。

水面《みなも》を舞って

2024年9月15日　初版第1刷発行

著　者　仙雫 美年
発行者　瓜谷 綱延
発行所　株式会社文芸社
〒160-0022　東京都新宿区新宿1－10－1
電話　03-5369-3060（代表）
03-5369-2299（販売）

印刷所　株式会社フクイン

ISBN978-4-286-25741-9